副刊文丛

主编 李辉 王刘纯

"闲话"之闲话

茅盾 著

钟桂松 编

中原出版传媒集团
中原传媒股份有限公司
大象出版社
·郑州·

图书在版编目(CIP)数据

"闲话"之闲话 / 茅盾著; 钟桂松编. — 郑州：大象出版社, 2019.12
(副刊文丛 / 李辉, 王刘纯主编)
ISBN 978-7-5711-0406-1

Ⅰ. ①闲… Ⅱ. ①茅… ②钟… Ⅲ. ①杂文集-中国-现代 Ⅳ. ①I266.1

中国版本图书馆 CIP 数据核字(2019)第 256992 号

"闲话"之闲话
"XIANHUA" ZHI XIANHUA

茅 盾 著　钟桂松 编

出 版 人　王刘纯
项目统筹　李光洁　成　艳
责任编辑　李　爽
责任校对　牛志远
封面设计　段　旭
内文设计　杜晓燕

出版发行　大象出版社(郑州市郑东新区祥盛街27号　邮政编码450016)
　　　　　　发行科　0371-63863551　　总编室　0371-65597936
网　　址　www.daxiang.cn
印　　刷　北京汇林印务有限公司
经　　销　各地新华书店经销
开　　本　787 mm×1092 mm　1/32
印　　张　8.25
字　　数　109 千字
版　　次　2019 年 12 月第 1 版　2019 年 12 月第 1 次印刷
定　　价　42.00 元

若发现印、装质量问题,影响阅读,请与承印厂联系调换。
印厂地址　北京市大兴区黄村镇南六环磁各庄立交桥南200米(中轴路东侧)
邮政编码　102600　　　　　电话　010-61264834

"副刊文丛"总序

李 辉

设想编一套"副刊文丛"的念头由来已久。

中文报纸副刊历史可谓悠久,迄今已有百年。副刊为中文报纸的一大特色。自近代中国报纸诞生之后,几乎所有报纸都有不同类型、不同风格的副刊。在出版业尚不发达之际,精彩纷呈的副刊版面,几乎成为作者与读者之间最为便利的交流平台。百年间,副刊上发表过多少重要作品,培养过多少作家,若要认真统计,颇为不易。

"五四新文学"兴起,报纸副刊一时间成为重要作家与重要作品率先亮相的舞台,从鲁迅的小说《阿Q正传》、郭沫若的诗歌《女神》,到巴金的小说《家》等均是在北京、上海的报纸副刊上发表,从而产生广泛影响的。随着各类出版社雨后春笋般出现,杂志、书籍与报纸副刊渐次形成三足鼎立的局面,但是,不同区域或大小城市,都有不同类型的报纸副刊,因而形成不同层面的读者群,在与读者建立直接和广泛的联系方面,多年来报纸副刊一直占据优势。近些年,随着电视、网络等新兴媒体的崛起,报纸副刊的优势以及影响力开始减弱,长期以来副刊作为阵地培养作家的方式,也随之隐退,风光不再。

尽管如此,就报纸而言,副刊依旧具有稳定性,所刊文章更注重深度而非时效性。在新闻爆炸性滚动播出的当下,报纸的所谓新闻效应早已滞后,无法与昔日同日而语。在我看来，唯有副刊之类的版面，侧重于独家深度文章，侧重于作者不同角度的发现，才能与其他媒体相抗衡。或者说，只有副刊版面发表的不太注重新闻时效的文章，才足以让读者静下心，选择合适时间品茗细读，与之达到心领神会的交融。这或许才是一份报纸在新闻之外能够带给读者的最佳阅读体验。

1982年自复旦大学毕业，我进入报社，先是编辑《北京晚报》副刊《五色土》，后是编辑《人民日报》副刊《大地》，长达三十四年的光阴，几乎都是在编辑副刊。除了编辑副刊，我还在《中国青年报》《新民晚报》《南方周末》等的副刊上，开设了多年个人专栏。副刊与我，可谓不离不弃。编辑副刊三十余年，有幸与不少前辈文人交往，而他们中间的不少人，都曾编辑过副刊，如夏衍、沈从文、萧乾、刘北汜、吴祖光、郁风、柯灵、黄裳、袁鹰、姜德明等。在不同时期的这些前辈编辑那里，我感受着百年之间中国报纸副刊的斑斓景象与编辑情怀。

行将退休，编辑一套"副刊文丛"的想法愈加强烈。尽管面临新媒体的挑战，不少报纸副刊如今仍以其稳定性、原创性、丰富性等特点，坚守着文化品位和文化传承。一大批副刊编辑，不急不躁，沉着坚韧，以各自的才华和眼光，既编辑好不同精品专栏，又笔耕不辍，佳作迭出。鉴于此，我觉得有必要将中国各地报纸副刊的作品，以不同编辑方式予以整合，集中呈现，使纸媒副刊作品，在与新媒体的博弈中，以出版物的形式，留存历史，留存文化，便于日后人们借这套丛书领略中文报纸副刊（包括海外）曾经拥有过的丰富景象。

"副刊文丛"设想以两种类型出版，每年大约出版二十种。

第一类：精品栏目荟萃。约请各地中文报纸副刊，挑选精品专栏若干编选，涵盖文化、人物、历史、美术、收藏等领域。

第二类：个人作品精选。副刊编辑、在副刊开设个人专栏的作者，人才济济，各有专长，可从中挑选若干，编辑个人作品集。

初步计划先从20世纪80年代开始编选，然后，再往前延伸，直到"五四新文学"时期。如能坚持多年，相信能大致呈现中国报纸副刊的重要成果。

将这一想法与大象出版社社长王刘纯兄沟通，得到王兄的大力支持。如此大规模的一套"副刊文丛"，只有得到大象出版社各位同人的鼎力相助，构想才有一个落地的坚实平台。与大象出版社合作二十年，友情笃深，感谢历届社长和编辑们对我的支持，一直感觉自己仿佛早已是他们中间的一员。

在开始编选"副刊文丛"过程中，得到不少前辈与友人的支持。感谢王刘纯兄应允与我一起担任丛书主编，感谢袁鹰、姜德明两位副刊前辈同意出任"副刊文丛"的顾问，感谢姜德明先生为我编选的《副刊面面观》一书写序……

特别感谢所有来自海内外参与这套丛书的作者与朋友，没有你们的大力支持，构想不可能落地。

期待"副刊文丛"能够得到副刊编辑和读者的认可。期待更多朋友参与其中。期待"副刊文丛"能够坚持下去，真正成为一套文化积累的丛书，延续中文报纸副刊的历史脉络。

我们一起共同努力吧！

2016年7月10日，写于北京酷热中

目 录

第一辑　新年展望

"我的一九四一年" 　3
回忆是辛酸的罢，然而只有
激起我们的奋发之心！ 　6
回忆之类 　13
第七个"九一八" 　18
抗战中的第二个"双十" 　21
时间，换取了什么？ 　24
悼佩弦先生 　30
新年展望 　33
蝙蝠 　36
女人与装饰 　39

聪明与矛盾	42
团结精神	45
说"独"	47
针孔中的世界	50
麻雀与灶蚁	54
变好和变坏	57
战时读报感想	59
针失败主义	62
"知识分子"试论之一 ——正名篇	65
"知识分子"试论之二 ——知识篇	69
"烧尽了现存的卑污与狂暴" ——祝贺"中华全国文艺界抗敌协会"成立	72
战利品	74
忆五四青年	77

第二辑 读史偶得

读史偶得	83
保卫武汉的决心	86
从"戏"说起	89
"七七"	92
退一步想？	95
古不古	97
关于青年问题的一二言	100
又一种看法	103
宣传和事实	106
闲话"临大"	111
论《论游击队》	114
漫谈二则	118
今日	122
谈"逻辑"之类	124
论"中性逻辑"	128

"闲话"之闲话　　　　　　　　　131

从数字说起　　　　　　　　　134

少数民族　　　　　　　　　　137

从图表说起　　　　　　　　　140

青年的模范——巴夫洛夫　　　143

听说　　　　　　　　　　　　148

事实最雄辩　　　　　　　　　151

科学与民主　　　　　　　　　153

诺言与头颅　　　　　　　　　155

中庸之道　　　　　　　　　　158

释"谣"　　　　　　　　　　160

第三辑　偶然看到

"士"与"儒"之混协　　　　165

再谈"暴露"　　　　　　　　168

《孔夫子》　　　　　　　　　171

谈提倡学术之类　　　　　　　174

偶然看到	177
再谈孔子及其他	180
谈自杀者盛妆新衣之心理	184
由"侦谎机"而建一议	187
事实是最无情的!	190
青年的痛苦	193
记性之益	196
更须努力进步	199
"古"与"今"	203
偶感	206
民主·人权·反法西斯	209
释"公务员"	212
一个"妙喻"	215
成见与无知	218
希特勒怎及拿破仑	221
这是他们的本色	225
杂感二题	228
"逼逻"的"友善"姿态	239

关于"原子弹" 241

编后记 钟桂松 244

第一辑

新年展望

"我的一九四一年"

"我"有大小。"小我"应服从于"大我",所以"我的一九四一年"不能成立。然"大我"实为"小我"之积,则是"我的一九四一年"似乎又可以成立。"我"既同时具备大小两重资格,所以一九四一年的"我"也就可以是"大我"的,同时又是"小我"的。

无论"大我"或"小我",求进步是第一要义。时代是在不断地进步,不管人们主观上愿意或不愿意,"我"若不求进步,而陷于停滞,与时代的进步相形之下，就成了倒退，何况有意去开倒车？为求存在与发展，人类数千年来是在不断努力求进步，而且因有进步而得存在与发展，这是历史的真理。不过人类历史上也有误以倒退为求存在与发展之途径者，那原因在因小而忘大，结果非造成悲剧不可，此所以历史的进程常为曲线的而非直线的。个人的，就较为简单，委婉曲折以合于大道者，固然也不少，但多数是一直进，虽然其进也渐，或者是一直退，虽然也表现为进一步退两步等复杂的形式。

　　求进步，应该以现实为出发点。必须了解现实，分析现实，批评现实，然后能从现实更进一步，然后这一"进"是更接近一步真理。反之，如果歪曲现实，模糊现实，粉饰现实，那结果就只有倒退，只有悲剧。至于想用一种"航空的姿势""神会到全体"[1]，那样架空的说法，既令人莫测高明，而且又武断"现实主义者"的"基本概念为立场"，那么，"航空"云者，恐怕只是在空中打磨旋，从其一点观之，彼虽自以为

----
[1] "航空的姿势""神会到全体"：均为当时"战国策"派的论点。

"进",但以其全线而观,实在是"退"而已。这比显然的开倒车还要危险!

求进步的志愿相同,于是人群能团结,而团结且能巩固,是故空言团结,不如力求进步。因此,如果对于进步之内容与趋向发生了不同的意见时,公开的研究和讨论,倒是正所以为了团结。大家所以希望的所谓"民主精神",进而言之,就是"自由研究,公开讨论",所谓"科学精神",要而言之,无非是"不盲从,不武断,重事实,戒蹈空"。然而倘使"民主"不被尊重,而"科学精神"也是无从发扬的。

"一九四一"将不得不是一个力求进步的年。因为国际国内的一切,都指出给我们:不进则是退,进则能生存与发展,退则不免于溃败死灭,小至个人,大则民族,都逃不出这条进化的公例!

(本篇最初发表于1941年1月1日《新蜀报·蜀道》)

回忆是辛酸的罢，然而只有激起我们的奋发之心！

辛亥年的上半年，我在湖州府中学读书。校长是沈谱琴先生，但那半年，由钱念劬（恂）先生①代理。放暑假以前，不知从哪里传来的剪辫运动也波及那个中学。同学之中剪去了两三对辫子。为什么是"对"呢？因为那时辫子的剪掉是两人一对以"你剪我也剪"的比赛或打赌的方式完成了的，所以不剪则已，剪必成对。

---

① 钱念劬（1853—1927）：名恂，浙江湖州人。光复会会员。曾任清政府驻日、法、意等国使馆参赞、公使等。

那时我们并未尝闻革命大义。中国革命运动史上的轰轰烈烈的几次失败的起义，我们都不知道。国文教员要是喜欢古文的，就教我们古文，喜欢骈体的，就教骈体。我们对于"国家大事"，实在知道得很少很少。但是对于辫子的感情却不好，我们都知道这是"做奴隶的标志"。因此，倘有一人对另一同学"下战书"说："你若剪掉，我也剪。"那位被挑战的人便也毅然答道："你敢剪，难道我不敢剪么？"于是在两方都不肯示弱，都不肯自认甘为奴隶的相持局面下，两条辫子就同时被剪掉了。

现在回想起来，那时各中学的剪辫子风潮，大概就是下半年革命高潮到来的前奏罢。

那年暑假后，我就转入嘉兴府中学读书了。

嘉兴府中学的校长是方青箱先生，教员中间有好几位是"革命党"。就剪辫子的同学也比湖州中学多了几个，而尤以我所在的三年级为最多。旧时五年制的中学校内，往往以三年级生为最喜"闹事"，似乎剪辫子也不能不首推三年级了。可是嘉兴府中学的同学也是未闻革命大义的，教员虽多"革命党"，可是有的是教几何的，有的是教代数的、理化的。我们对于朱希祖①先生所教的《周礼·考工记》，以及阮元②的《车制图考》，实在感到头痛，对于马幼渔③先生的《左氏春秋传》，也不大起劲，因为几何代数难度提高，差不多全副精力都对付这两门功课去了。

以我所经历过的三个中学而言（最后我还进过杭州的安定中学），那时的嘉兴府中学算是民主空气最浓厚的，师生之间，下了课堂便时常谈谈笑笑，有时亦上街吃点心，饮茶。那年中秋，我们三年级的几个同学，便买了些水果、月饼、酱鸡、熏鱼，还有酒，打算请三位相熟的教员共同在校中阳台上赏月。不料一位教几何的先生病了，教代数的先生新婚，自然要在家和新师母赏月，只有一位体操教员赏光。然而我们还是

---

① 朱希祖（1879—1944）：浙江海盐人。现代历史学家。文学研究会发起人之一。
② 阮元（1764—1849）：字伯元，江苏仪征人。清代学者。
③ 马幼渔（1878—1945）：原名马裕藻，浙江鄞县人。曾任北京大学教授、北京女子师范大学国文系主任等。

玩得很尽兴，差不多每个人都喝得半醉。

我特别记得这一回事，因为以后不久，又一件使我们兴奋得很的事发生了，便是武昌起义。

虽然我们那时糊涂得可笑，只知有"革命"二字，连中国革命运动史的最起码的常识也没有。我们不知道在这以前，有过哪些革命党派，有过几次的壮烈牺牲，甚至连三民主义这名词也不知道，然而武昌起义的消息让我们兴奋得不得了。我们无条件地拥护革命，毫无犹豫地相信革命一定会马上成功。全校同学以自修室为单位，选派了同学，每天两三次告假出校，到东门火车站从上海来的旅客手里买当天的上海报，带回校里贴在墙上。买报的同学常常要上车去向乘客商量，方才买得，可是大家用竞赛的精神去干，好像这也就是从事革命了。

革命军胜利的消息，我们无条件相信；革命军挫败的消息，我们说一定是造谣。

为什么我们会那样盲目深信？我们并不是依据了什么理论，更不是根据什么精密研究过的革命势力与反革命势力的对比；我们之所以如此深信，乃是因为我们目击身受清政府政治的腐败，民众生活的痛苦。我们深信这样贪污腐化专横的政府，一定不能抵抗顺应民众要求的革命军。

这一个真理，我将永远深信！

几何、代数、《考工记》、《春秋左氏传》都没有心思去读了。成天忙的是等报来、看报。然而可怜得很，我们的常识太缺乏，我们不能从报上看出革命军发展得怎样，我们只是无条件相信胜利必然是"我们的"罢了。

不久，学校放假。这是临时假。我们几个同乡的一回到家乡，就居然以深通当前革命情势的姿态，逢人乱吹，做起革命党的义务宣传来了。虽然是不通火车的镇，但上海报隔日亦可到。一般的小市民都默认革命党之成大事已无疑问，然而最担心者是地方治安。因为据他们看来，绿营兵老枪二十三名逃了以后，革命军倘还不来，则土匪之窃发是可虑的。于是办保卫团之议便渐渐成熟，这倒是真真的小市民义勇性质的商团，服装、枪械自备。后来革命既已成功，这也就解散了。

大概是阴历十一月中，大局已定，嘉兴府中学又重复开学。再到校上课时，老教员已经走了大半，新来一学监又说要整顿校风，师生之间的民主空气大不如前，终于在寒假大考以后，我们几个三年级同学还有几个别级的"不安分"的同学，在校里也起了一次小小革命——毫无原则，和那位学监捣一场乱，就一哄而散，各自回家。从此我们也被革出这嘉兴府中学。

这些事情，现在想起来，尚历历如在目前，那时我们这些毛头小伙子，当真浅薄得可笑，然而或许也还幼稚得可爱罢。于今又三十年了，三十年中，旧侣星散，早已音问久断，然而我相信这三十年中的几次大变革，当亦是同样的经过来的罢，自然，各人的感受不能像三十年前那次那样相同的了。中国的革命是艰苦而冗长的过程，在抗战第六年的今天来回忆已往的种种，多少烈士的热血和头颅，无数千万民众的痛苦与牺牲，才把中华民国的招牌撑到今天，才把一代一代的青年教育培养成革命的继承人，而尤其把这艰苦的抗战撑拄到而今，这是辛酸的罢，但只有激起我们的感奋，只有加强我们的信心,我们的为求民族自由解放的抗战必得最后的胜利,中国的革命大业最后必得全部完成。

这回忆是辛酸的罢,然而只有激起我们的奋发之心!有一朝,我们能够以愉快的心情再作这回忆,我想,这也不会很远的罢?然而,能以愉快的心情,来热烈庆祝这大节日的恐怕是我们下一代的儿孙。在我们这一代,恐怕笑颜之下总不免有辛酸。我们是从血泊中来,亲眼看见中华民族优秀儿女所流的血,实在是太多太多了。

回忆是辛酸的罢,然而只有激起我们的奋发之心!

(本篇最初发表于1942年10月10日桂林《大公报》副刊《文艺》第二〇一期"庆祝双十增刊")

回忆之类

编辑先生希望我写回忆,并且很幽默地说:"不敢以赋得双十命题。"言外之意我怕不了解吗?然而,此时此地,大概还是只能"赋得双十"而已。

回忆之类,因人而异,亦因时而异,当然更因地而异。现在还不是写信而有征的历史时候。那么,即使是回忆吧,恐怕仍旧不免带一点"赋得"的气味,而况在三十多年前的那时,中学校里的我们的一位老师正从《周礼·考工记》(即《考工记》)而专门化到《车制图考》,把我们追得屁滚屁流,兀自喘不过气,所以对于国家大事,老实说,就同隔着一层雾似的。不过,当那一声焦雷打到了我们面前时,童稚之心也曾欢喜而鼓舞,也曾睁大了惊异的眼睛,痴望着那"龙战玄黄"的天地,好像这一切本在意中,要来的总归要来,而现在是终于来了而已。

对于三十多年前民族史上这一件大事,我之未尝流一点汗,——更不用说血了,由此是可想而知的。虽然我也模模糊糊给自己幻想了乃至预许了一个广阔自由的未来,但正如今天有些"可敬的人物"坐在沙发上看着报纸登出了盟军昨天进攻帛琉,后天将攻菲律宾而色然以喜,我那时决想不到自己应该何以自处,我只是笃定心思等候着去拾取我的"战果"。

结果,等候到了。等候到了什么呢?除了可以不必再拖辫子以及可以不必再在做国文的时候留心着"仪"字应缺末笔[①],此外实在什么也没有,于是乎我之不免

[①] "仪"字应缺末笔:始于唐代的一种避讳方式,即在书写、镌刻君主或尊长的名字时省略末一笔。

于觖望,又是当然的事。但也马马虎虎。如果说这一段小小的童年的幻灭对于我也还发生了教训的意味,那是在十多年以后了,那时《考工记》和《车制图考》早已忘得一字不"遗"!

如果这也可算回忆的话,这便是我的"赋得双十"的回忆。仅此而已。不曾流过血流过汗的人有什么值得回忆?而且三十多年以后的今天,也还不是那么一回事,大家早已不言而喻。

假若尚有可说的,我想,倒还是三十多年来的寡陋见闻中的若干"典型"的人事。庙是不曾动过,菩萨却换过多次。而只认庙不问什么菩萨的"可敬的人物"也纷纷逐逐,服装一套一套变换,忙得太"可爱",得意忘形得太可怜。这且一笔略过。单说坐在庙里的吧,青面獠牙,杀气腾腾的,我们见过;不过下台以后照例总是低偶合十,宛然是个佛徒。当然这是既颇原始,因之亦不科学。于是而有戴浩然之巾,笑脸向人,鬼脸掩住,仁义道德不离口的人儿。但比之背后伸手接"门包"①而当面一手假意推拒，满嘴说"本人最恨此种陋规"，活是民间文艺所创铸的那个"小丑"的典型的，似乎也还"本色"些儿。可是民众的智慧虽然创造了那典型，却还不曾叫这典型于既受"门包"之后又发议论，将"陋规"之公行归罪于老百姓之没有程度。50年代的"新"物事，民间艺术是未尝梦见的！

从这些地方看来，三十多年来不能不说是有些"进步"的罢？记得前些时开参政之会，有人引明末之"职方多如狗，都督满街走"②，弥致其慨叹。但我则另有感想，我觉得古人实在比我们小气，譬如魏忠贤，亦不过招摇纳贿而已，以我们今日眼光看来，这是何等平常的一件事，然而魏忠贤的门客们给他们这位老板造点生祠，提议请他将来在孔庙吃冷猪头肉，却就激怒了清议。当时确是"指名"直斥的。并且，三宝太监虽然早已下过西洋，而魏忠贤终于并无番邦可去。

---

① "门包"：旧时陋规的一种，多指致送仆役的财礼。
② "职方多如狗，都督满街走"：明末讽刺南明王朝卖官鬻爵成风的民谣。

不过，话又得说回来，倘以我之童年之同辈，和今日之尚在童年者相比，那进步又是显然的。今日之童年者，眼界是扩大得多了，头脑亦未必那样浑噩，——待要认定这是无量数的辛酸的血泪换来的吧，真叫人一则以喜，一则以悲。但愿他们将来所得的，不再是仅仅割掉辫子一条之类。而我相信是不会的。因为时代是不同了，世界是不同了，时代在前进，世界在前进，而最主要的，从民族的苦难的血泪中培养出来的他们是不会光坐在那里等待的。

我盼望不久的将来，在这一天，我们都有崭新的回忆。

1944 年 10 月

（本篇最初发表于 1944 年 10 月 10 日重庆《时事新报·青光》）

第七个"九一八"①

这几天,西方的侵略国家正在加紧煽起毁灭文化屠杀人类的战火,东方的"泥足"日本,正在配合它在西方的伙伴的行动,疯狂地进攻武汉,妄想在全世界和平阵线与侵略阵线展开决斗以前,圆了其灭亡中国取得资源独霸东方的梦想。在这样的情势下,第七个"九一八"到来了。

---

① 此文写于1938年,如算上1931年应该是第八个"九一八",此处说是"第七个'九一八'"应该是没有算上1931年。——编者按

七年前的今天，"有识之士"都认为中国不堪一战，而且国际形势亦不利于我们之战，而且又相信日人之大欲不过一满洲，——根据这样的"认识"，于是当时以及此后添上的血债直至七年而始来一个总结算；过去的事，我们此时不欲多说了，但在血肉斗争已及期年的今日，却还有人继续着以往的"认识"，乃至和平妥协的传闻时隐时现，这是不能不令人惊奇而痛心的！

现在欧洲的火药库旦夕爆发，一些"有识之士"或"专家"，或许又要戚然于心吧？他们或许又要惶然疾呼，以为我们的抗战将更艰难，他们血液中先天或后天的失败主义或许又要以另一方式来发散吧？另外有些"信天翁"式的"乐观家"或许也会把"中国问题是世界问题的一环"这句话理解得太机械，认为世界战争一爆发，外蒙自然马上加入抗战而苏联也马上出兵，因而中国的抗战就一路顺利直到最后胜利了。

过犹不及，失败主义和"信天翁"其实都要不得。

欧洲——全世界的战火，现在是以整个和平阵线对抗侵略阵线而爆发，这当然结局是侵略者的毁灭，当然是我们抗战的最后胜利。然而最初一个短时期内，我们的抗战大概会有一段更艰苦的经历。我们应当估计到这更艰苦的一段，充分准备着对付过去。其次，必须更加加强民族的团结。而这，除了正面的加强，还须从反面去加强——肃清阻碍团结的东西。一些尚认敌人之友为友，尚存妥协苟全之心，尚不以民族利益为最高原则的"理论"和行动，必须从抗战的阵营里扫除出去。

第七个"九一八"是苦尽甘来的日子，然而必须加强我们的斗争，提高我们的警觉，充分准备好以对付更艰难的岁月，这才能甘来。每个中国人都应当自检一下：准备好了没有？

（本篇最初发表于1938年9月18日《立报·言林》）

抗战中的第二个"双十"

在今天,抗战到了最严重的阶段,然而今年的"双十"带来了比去年的"双十"更多的自信力,更大的鼓励。

我们民族已经战斗了十五个月,证明我们全民族在抗战的熔炉中愈炼愈团结,愈勇敢;在抗战的过程中,缺点随时被发见,而亦随时被纠正,虽然慢一点。去年此时,敌人在北方长驱猛进,而江南我军亦正陷于苦战。当时有不少自命为"头脑冷静"或有"远见"的人儿,惴惴然苦着脸,——他们不相信我们能够长期抗战。其至在三个月前九江失陷的时候,这些"有远见"的先生们还认为去年南京保卫战的覆辙将复见于今日之武汉。这些"远见",现在都被事实粉碎了!

敌人攻取武汉的"预约券"已经一再没能兑现,大江南北战场上,敌人死伤了三十万,敌人虽然施放毒气,但我们的血肉长城,依然屹立。而大河南北,太湖流域的沦陷地带,已经建立了坚强的抗日根据地,发动了广泛的游击战,变敌人的后方为前方。这些事实,都不是失败主义者所能抹煞的!

可是在今天,另外一种悲观空气跟着捷克问题①的解决而来了,而这种悲观空气又是由于不断有阴谋式的和平妥协的谣传而逐渐浓厚。希望"及时"来个妥协以保住个人利益的人们,夸大了国际形势变化对于抗战的影响。他们用各种巧妙的言词散布摇惑人心的烟幕。他们从捷克的被迫屈服预言中国的命运,——他们会摆

---

① 捷克问题:1938年9月间,英、法、德、意四国在慕尼黑举行会议,由于英、法对希特勒德国的妥协,在所签订的《慕尼黑协定》中将捷克西北部的苏台德区割让给德国。

出一脸"忧时"的神气,但是根本用意却在动摇民族的自信心,为他们所期望的"和平妥协"做意识上的准备。在客观上,他们是和敌人的猛攻武汉以及企图"扫荡"晋冀察边区抗日根据地有一种配合的作用。

这是今日——抗战的第二个"双十"——有利于我的全般形势中新发生的暗影。国际形势固然需要我们严肃地注视与认识,但是抗战最后胜利的主要关键还在我们坚持抗到底的决心,我们指出国际形势的变化,目的应是加紧我们的努力,提高我们的警惕。散布悲观空气,给"妥协和平"以意识上的准备,——这些阴谋的活动,必须加以无情的抨击。

10月7日

(本篇最初发表于1938年10月10日《立报·言林》)

时间,换取了什么?

是在船上或车上,都不关重要,反正是那一类的设备既颇简陋,乘客又极拥挤,安全也未必有保障。你越心急,它越放赖,进一步,退两步,叫你闷得不知怎样才好,正是:长途漫漫不晓得何年何月才到得了目的地。

在这样的交通工具上,人们的嘴巴会不大安分的。三三两两,连市面上现今通行的法币究竟有多少版本,都成为"摆龙门阵"的资源。

有这么两个衣冠楚楚的人却争辩着一个可笑的问

题：时间。

一位说他并不觉得已经过了七个年头了。

"对！"另一位顺着他的口气接着说，"日子过得真快，不知不觉早已满了七年。"

那一位摇着头立刻分辩道："不然！不知不觉只是不知不觉罢了，七年到底是七年；然而我要说的是，这七个年头在我辈等于没有。你觉得我这话奇怪么？别忙，听我说。你当是一个梦也可以，不过无奈何这是事实。想来你也曾听说过：在敌人的炮火下边，老板、职员一齐动手，乒乒乓乓拆卸笨重的机器，流弹飞来，前面一个仆倒了，后面补上去照旧干，冷冰冰的机器上浸透了我们滚热的血汗。机器上了船了，路途迢迢，那危险，那辛苦，都不用说，不过我们心里是快活的。那时候，一天天朝西走，理想就一天天近了，那时候，一天，一小时，一分钟，确实有价值。机器再装起来，又开动了，可是原料、技工、零件，一切问题又都来了，不过我们还是满身有劲，心里是快乐的。我们流的汗恐怕不会比机器本身轻些，然而这汗有价值：机器生产了，出货了。……然而现在,想来你也知道,机器又只好闲起来,不但闲起来,拆掉了当废铁卖的也有呢!"

他抹了一把额头的汗水,望着他的同伴苦笑,然后又说:"你瞧,这不是一个圈子又兜到原来的地点?你想想,这不是白辛苦了一场?你说七个年头过去了,可是这七年工夫在我们不是等于没有么?这七年工夫是白过的!白过了七年!要是你认真想起到底过了七年了,那可痛心得很,为什么七年之中我们一点进步也没有?"

"哎,好比一场大梦!"那同伴很表同情似的说。

但是回答却更沉痛些:"无奈这不是梦呀!要是七年前的今天我作了这样一个梦,醒来后我一定付之一笑,依然精神百倍,计划怎样拆,怎么搬,怎样再建,无奈这不是梦,这是事实,我们的确满了七年,只是这七年是白过的,没有价值!"

那同伴看见对方的牢骚越来越多,便打算转换话题,不料旁边一人却忽然插嘴道:

"白过倒也不算白过。教训是受到了,而且变化也不少呵!时间是荒废得可惜,七年工夫还没上轨道,但是倒也不能算作一个圈子兜回原来的地点,从整个中国看来,变化也不小呢!"

"变化?"那同伴睁眼朝这第三人看了一下,"哦,变化是有的。"他忽然讽刺似的冷笑一下:"对呀,变出了若干暴发户,发国难财的英雄好汉!上月的物价,和前月不同,和本月也不同,这一点上,确是一天有一天的价值,时间的分量大多数人都觉得到的。"于是他忽然想起来什么似的转脸安慰他的朋友道:"老兄不过是白白过了七年,总还算是无所损益。像兄弟呢,一年一年在降格。我们当个不大不小地主的,真是打肿了脸充胖子罢哩!老兄想来也是明白的。"

"怎么我好算是无所损益呢?……"

"当然不能,"那第三人又插进来说,"在这时代,站在原地不动是办不到的,中国是世界的一部分,而且还在抗战。"

一听这话,那两位互相对看了一眼,同时喊了一声"哦";而且那位自称是"一年一年在降格"的朋友立刻又欣然说道:"所以我始终是乐观派,所以要说,这七年工夫是挨得有价值的；你瞧，我们挨成了四强之一，而且英美在步步胜利，第二战场也开辟了，不消半年，希特勒打垮，掉转身来收拾东洋小鬼，真正易如反掌，我们等着最后胜利罢！"

他的同伴也色然而喜了，然而还是不大鼓舞得起来，他慢吞吞自言自语道："胜利是没有问题的，不过我的厂呢？我们的工业呢？"

"等着？"那第三人也笑了笑说，"我们个人尽管各自爱等着就等着罢，爱怎么等就怎么等下去，有人等着重温旧梦，有人等着天上掉下繁荣来，各人都把他的等着放在没有问题的最后胜利等到了以后。不过，一方面呢，世界不等我们，而另一方面呢，中国本身也不能等着那些一心只想等到了没有问题的最后胜利到手以后便要如何如何的人们。更不用说，敌人也不肯等着我们的等着的！七年是等着过去了，也许有些人欣欣然自庆他终于等着了他所希望的，然而……"

"然而我并没有等着呀！"是懊恼而不平的声音，"我说过，我流的汗有几千斤重呢，可是我得到了什么呢？于人无补，于己也无利！"

"你老兄是吃了那一心以等着为得计的人们的亏！"那第三人回答，"不过中国幸而也有不那么等着的人，所以七年工夫不是白过，中国地面上是发生着变化了，打开地图一看就可以看见的。"

话的线索暂时中断。过了一会儿，那最初说话的人又回到"时间"问题上，发怒似的说道："不论如何，白过了七年工夫总是一个事实。我们从今天起，不能再让一天白白过去，如果再敷敷衍衍，不洗心革面，真是不堪设想的。然而那七个年头还是白废的！"

"要是能够这样，那么，七年时间虽然可惜，也还算不是白过的！否则，那就是真真的白过了，倘有上帝的话，上帝也不会同情，更不用说历史的法则铁面无情。"

时间，换取了什么？今天我们必须认真问，认真想一想了。

（本篇最初发表于1944年7月8日《新华日报》副刊）

悼佩弦先生

古人称盛德君子无疾言厉色，朱自清[①]先生就是这样一个人。二十年前，我第一次见他，就有这印象，相交既久，过从渐密，而我这印象更深。然而朱先生取字"佩弦"，似乎自憾秉性舒缓，可是多少登坛演说慷慨激昂者，其赴义之勇，却远不及朱先生。

文如其人，早有定论。在新文艺运动中，朱先生的

[①] 朱自清（1898—1948）：字佩弦，江苏扬州人。诗人、散文家，曾任清华大学教授。

贡献不在冲锋陷阵，而是潜研韬略，埋头练兵。他的著作不多，但我深信都是经得起时间的考验的，在新文艺史上卓然自有其地位。我最钦佩而心折的，是他的《欧游杂记》①。这样清丽俊逸的文字，行云流水的格调，是他的品性和学问的整个表现，别人想学也不大学得像的。

一九二七年以后，我们见面的机会比较少了。欧游回来，他路经上海，几个老朋友为他洗尘，有一次畅快的叙会。记得地点是三马路的"梁园"，一个河南馆子。那时候，他面貌较前丰腴。后来相隔几年，在一个朋友家里看见一个人，蓦然惊喜，以为是老友，再看却又不是，一问，才知道是朱光潜，那时我心里想："这真是阳货貌如夫子！"

最后一次会到朱先生大概是一九三九年冬季我赴新疆时路过昆明②，那时始知他有胃病。幸而不算严重。年来常听北来的朋友谈起他消瘦更甚，但精神尚好，真不料他突然疾发，遂至不治！这是"惨胜"以后我

---

① 《欧游杂记》是散文集，1934年9月上海开明书店出版。
② 作者赴新疆途经昆明的时间为1938年12月28日，此处系误记。

所遇到的第三次意外的悲痛事件。第一次是四烈士堕机[1]，第二次是陶行知突然逝世。"李闻"遇害，我倒并不感得意外：因为自我在较场口[2]亲眼看见公朴如何挨打，我就知道迟早他要遭毒手，而在公朴遇害以后，闻一多之必遭毒手，差不多也是大家料到的。

朱先生最近把《闻一多全集》整理完毕。我猜想他在校勘了最后一页时，也许曾这样闭目默祷道："一多，你的全集不久就可以出版了，你所不共戴天的、人民的敌人不久也就要垮台。那时候，我们将以一束清香，告慰你的在天之灵！"可是朱先生想不到他自己也不及见这不久就要到来的一天，我想他是死不瞑目的！

（本篇最初发表于1948年9月9日香港《文汇报》）

---

[1] 四烈士堕机：指王若飞、叶挺、邓发、秦邦宪等于1946年4月8日因飞机失事遇难的事件。

[2] 较场口：在重庆市。1946年2月10日，重庆各界群众万余人在较场口集会庆祝中国政治协商会议的成功，国民党当局派出大批特务至会场捣乱行凶，史称"较场口事件"。

新年展望

文章上的惯用语好像也跟时装差不多,一时有一时的风尚,近来最通行的是"展望"。

世界雕刻巨师罗丹的杰作《铜器时代》就是一个赤裸裸的男子雄赳赳地作"展望"的姿势。《铜器时代》是人类进化的第一道关,所以这"展望"是象征着"向光明,向希望"的。

北欧神话中的"命运女神"共是姊妹三个,最小的一个象征着"未来",面部蒙了纱,示"未来"之神秘不可知；然而中间那位二姐象征着"现在"的却是昂首睁眼，"像煞有介事"在那里"展望"。说者谓此即表明了北欧人的性格：虽然"现在"勇敢，而对于"未来"好像总带几分迷惘和悲观。但是反过来说，在冰雪恐怖下的北欧人，能够勇敢地面对"现实"，即使以为"未来"是不可知之谜，怀着神经性的忧郁，比起那些逃避现实而空想未来的人们，究竟是较可钦佩的了。

人们"展望"的时候，是站在"现在"以望"未来"的。对"现在"迷惘了，却怀着渺茫希望去看"未来"，这是"展望"态度之一；或有对"现在"感到极顶的失望，于是怀着寻求的热心去望着"未来"，这是"展望"态度之二；更有认清楚了"现在"，正在"现在"满怀着得意，昂头很确信地看着"未来"的，这是"展望"态度之三；也有虽则确信"未来"，然而已经无力再和"现在"奋斗，于是敛翼垂首，想着"未来"聊以自慰，这是"展望"态度之四……懦怯或勇敢，认识充分或不充分，都在此种种"展望"的态度中表现了出来。

时在严冬,风雪正厉,虽则说"春"必定来,而且已在门前,可是人们居今以"展望"来兹,每每态度不一,实亦有如上述。通行语的"展望"云者,因而很耐咀嚼。

不管门外那疯狂的风雪,只蜷伏在火炉边作粉红色的幻梦者,是不需要"展望"的。在这时候,也许只有他是例外。

呜呼,一九三四年将为人类史上大转捩的一年罢?迎此一九三四年新年的人们心脏跃跃,也许将有无限的兴奋,无限的希望或者无限的恐惧罢?就是将有无限不同的"展望"罢?若然,请于上述的"展望"种种相中慎取其一!

(本篇最初发表于1934年1月1日《申报·自由谈》,署名"奚求")

蝙　蝠

从前有过这样的故事：鸟和兽各合成群打仗，其间有种蝙蝠。鸟们胜利之后，便飞到鸟那边去，自诩有翅膀，能飞；及至兽类胜利了呢，又爬到兽类那边去，自夸能走，它也算兽类的。后来鸟和兽都察觉，便两方面调和，共同将蝙蝠扑杀了。——这故事是在小学教科书上，很容易寻到的。

这蝙蝠也真算荒唐！同时也很可笑！它还太乏。它至多不过看风转舵，投入胜利了的集团中而已。第一，它不能歌颂胜利者的功德而阐扬对方应失败的道理。第二，它不能想方法使鸟兽永远斗下去，从而获得许多利益。第三，它不能无偏无袒地驾乎两者之上，当然，也获得更多的好处而已。

　　人类为万物之灵，所以主意比蝙蝠要好。古人看蛇斗而悟草书之理，甚而至于和龟类学习养生。所谓道法乎自然，人类从自然界所学来的方法实不算少。然蝙蝠却不及人们，实在应该和人们学的：譬如甲乙相打，可算战争；丙居中间，联甲攻乙或联乙攻甲，便可算政治；说乙或甲应该被打之理由，便可算主义。这么许多过去了的事实便是历史……这么推论下去，便知道"天下事不过尔尔"。这是人类远胜于禽兽的。

　　世界上所谓阴谋者，许多其实是"阳"谋。纵横捭阖之术在古代风行过一时，然看去并也不过尔尔。因为无论怎样用手腕，使心机，自处于旁观的地位而实是主动者，是可以"阴"的。然免不了作用，既有作用，便有事实，这便全部表现出来，不免乎"阳"。譬如站在磅秤上量体重，轻轻站了或用力站住实毫无分别，重量是一致的。因因果果纵有错杂，然无颠倒，原形怎样，终必显然。苏张①虽是策士，但是古今没有觉到他们除策士之外还有什么。即算弄到鸟兽永远相斗罢，自己也不过"蝙蝠"而已。

只有是这么想，世界还有一些希望。无论怎样暗无天日，真理也仍然是真理，光明也依旧是光明。间谍从来未曾充当过皇帝，流氓从来不曾成为诗人。只看那般人面孔上那么"憔悴深颦"，便可知道也还有"人性""良知"之类在压迫，那是胜过地狱中的苦刑的。

（本篇最初发表于1934年2月27日《申报·自由谈》，署名"微明"）

---

① 苏张：即苏秦、张仪，战国时期从事政治、外交活动的谋士。

女人与装饰

说来也并不奇怪,为什么到了夏天,关心世道人心的先生们对于男女之大"防"要突然加紧。夏天的女人的装束实在太富于挑拨性。而"挑拨"的焦点在于肉体部分呈露得太多。所以取缔女人露腿赤脚的官文正是扣准了题目的得意之作。

我们的祖先在山林子里过"野蛮"生活的时候,本无章身之具。大家光裸裸看惯了,并不觉得什么。然而这正是野蛮人粗浅之所在。"文明人"头脑复杂得多了,凡事都讲究个"含蓄","有余不尽",从此而"联想"也特别发达,见一光露的小腿就觉得有点那个了。其实腿只是腿而已,远不及眉毛能说话,眼睛会"送媚"。说到这里,就不能不佩服从前土耳其女人上街要戴面纱这一办法之真正彻底。

至于露了腿还要搽什么油膏,扑什么粉,赤了脚还要染红指甲,从贪图简便凉快一变而为要麻烦要好看——这真是更骇人听闻。自然,这样搽搽扑扑染染的腿,恐怕只是光腿中间极少数的一部分,它们的目的和普通光腿完全两样。此等腿不但不许它"光",彻底些不妨投畀煤窑。所可惜者,此等腿大都坐在汽车里,奉公守法的警察先生只好朝它看看罢了。

再从反面一想,腿主人不怕麻烦而搽油扑粉,无非是为好看。把腿弄好看了,也不是自己欣赏,而为的是那个抓权禁止光腿的男性社会需要这等样的装束修饰。据说从前有过女性中心的社会。那时候,男人们是不是也像现在的女人那样刻意艳妆,我们还不大明白。但是李汝珍却在《镜花缘》里给我们一个回答。《镜花缘》

里女儿国的男人即使是一部大黑胡子也还要搽脂抹粉。然而现在关心世道人心的先生们读《镜花缘》到这一段时却不肯掩卷想一想。

（本篇最初发表于1934年8月17日《申报·自由谈》，署名"微明"）

聪明与矛盾

人,是极聪明的动物,但因为极聪明,有时也就成为极矛盾的动物。狮子、老虎,乃至蚂蚁,为了要生活的缘故,常常反而丧失了生命。这在聪明的人类看来,真是矛盾事情一件。然而狮子、老虎它们本身的行为和意志却是一贯的,一点矛盾也没有。

自有人类以来,最初那几万年(或者几百万年)大概还很富有"兽性",只看各民族的神话里都有些"硬干到底"的故事，就可以知道。人类之所以能在原始时代生活下来并且进化为"文明人"，未尝不是全靠有这"兽性"。但既已文明了后，有些最"澈悟"的聪明人就显示出他之所以"异于禽兽"来了。他们遇到困难的环境会"趋避"；不但会"趋避"，还会造出"你不趋避,也算不了什么"的哲学。更进一步,他们还有"趋避即是消极的奋斗"的哲学。到这一步，论证圆满，于是乎乱世年头"隐士"也是宝贝了。

乱世也罢，治世也罢，做"隐士"本来人各有其"自由"。然而偏偏要从隐士生涯上阐明一番大道理以证明并非"逃"，不但未"逃"，且若讽示于众曰："不要忘记了还有我在！世论之推移，或亦与有力焉！"善哉善哉！本来人各有其"自由"以为"我"乃以"隐"战者。然而持论至此，未免矛盾了！要是人类祖先都如此，则"神皇"的宝座至今尚必存在！

古代人尚坦白自认了个"苟全乱世,不问理乱",是在这一点上,古人不及今人"聪明",但也是在这一点上,古人比今人少点矛盾。

(本篇最初发表于 1934 年 8 月 28 日《申报·自由谈》,署名"微明")

团结精神

二十多年前有些"志士"摇笔写经世忧时的文章，恐怕总有这么一句："呜呼，一盘散沙之国人！"为什么会是"一盘散沙"呢？没有推究下去。近来是推究到了，原来为的没有团结精神。

于是乎大家喊着"团结精神"，打着灯笼到处去找"团结精神"这件宝贝。

其实在小百姓看来，这是无谓，他们所信仰的却简单得很：不吃饭就活不下去。

譬如今年夏季，江浙一带闹旱灾，然而黄河沿岸却闹大水；旱灾地带的小百姓，希望多下点雨，水灾地方的小百姓却唯恐其下雨。虽使圣人复生，也不能叫这利害完全相反的人们把他们集合起来。

等而言之，军阀和官僚，店东和小伙计，讨债人和欠债人，嫖客和妓女，坐车的和拉车的……他们是不能团结起来的。

倘使要在这些家常便饭的浅近道理以外，再找个微妙高深的抽象东西出来，又从而家喻户晓之，那即使能收效于一时，但等到肚子饿了时，那最原始的信仰还是要泛起来的：不吃饭就活不下去。

然而有些人仍喜欢（而且感到必要）找个抽象的东西来叫饿肚子的人们去信仰，这也是可疑的事。

（本篇最初发表于1934年9月4日《申报·自由谈》，署名"微明"）

说"独"

中国文字之难学,往往在一个字上就看得出来。例如这"独"字,"独夫"之"独"是骂人,而"独往独来"之"独"却又是称赞了。但在评骘文艺的时候,"独"字的意义往往是好的,例如"独到"。

大概是因为古来文人因袭之风太盛罢,所以比较进步的文艺批评家都赞美那"自成一家"的"独创"。然而此种赞美也只限于文艺的形式方面,小自用字炼句,大至所谓"风格"。至于思想方面的"独",就受到大大的限制了。倘若尚不离乎"中庸之道",那批评就是"好与人立异",这已经是褒少贬多的口气;倘若竟然跳出"中庸之道"的圈子,那批评就会说它是"怪僻",而且意在"惊骇世俗"了;最后一着,是把"离经叛道"的罪状加于思想上太"独到"的人们。

五四时代提倡"文学革命"了,于是这位"独"先生大出风头。文艺形式上要"独创",固不必说,思想上也要求大胆的"独到",喊着"一切重新估定价值!"

这样混到现在,气压忽又改变,"思想上的独到"据说已经造成了"人心混乱",万万要不得。只有形式上的"独到",还在市面上露脸。可是这一来,又发生点小问题了。就是一个人的作品的形式倘使"独创"到只有他自己懂得,他自己能欣赏,那到底还要得要不得?有人说"要得"。因为谁叫你看不懂呢?

但也有人说"要不得"。因为文学作品好比是一座"桥",把作者的思想过渡给大家看。倘使不成其为"桥"了,何必印出来?

我们平凡人自然是拥护后一说的。而且相信文艺上的独创的精神无论是关于形式的或内容的，决不能"独"到成为"独夫"之"独"。古来所谓"独见"，其实只是肯说真话。而这真话也不是作家面壁十年想出来的，而是早就存在于活的社会的动态里的。

然而割掉了客观的真实，就是目前一般的现象。

（本篇最初发表于1934年9月7日《申报·自由谈》，署名"止水"）

针孔中的世界

透过针孔所见的世界，也许真有这样现象：视泰山如丘垤，须弥①为芥子，客观的世界，事实绝不是这样小；然而人为的世界，可绝不是怎样大。在人为的世界中，你所能觉察存在的世界，只有针孔般的大小。因此你所能晓得的：米几个钱一升，柴几个钱一斤，布几个钱一尺，什么地方有油水可捞，什么地方有女人可嫖，不及这个标准，则你是一个傻子，超乎这标准，则你

---

① 须弥：古印度传说中的山名，佛教认为是人类世界的中心。

是一个叛道者。一个傻子,最多不过为开玩笑的资料而已,一个叛道者,"古已有之"的办法是"绳之以法",法里赛人①钉死耶稣,颇具这样的意味。傻子而供开玩笑的资料,叛道者而供维持法律尊严,寥寥几个傻子,寥寥几个叛道者,行古老的办法,送上十字架,或"屏之远方",则一个社会的完整,自无问题。不过人之不齐,各如其面,就是你用斯巴达人杀戮婴孩②的办法,强制使之齐,但人力总有时而穷的。傻子滔滔皆是也,叛道者亦颇不少。这就难了。在其他方面,即是你自己认为合格了,然而早有些欧洲的优生学者们,据说根据生物学的立场,拿出他们学者的权威,很不客气地断定有色人种是不良的种族。这种学说,无论正确与否,可是我们的稗贩学者,自命为权威的××家学的人们,颇拾外人的唾余,说我们的种族这样,种族那样,这样一来,我们不是都变为傻子,就是白人文化的危害者,

---

① 法里赛人:通译法利赛人,犹太教上层人物中的一派。据《新约全书》记载,耶稣之被钉死于十字架,即为遭法利赛人忌恨所致。
② 斯巴达人杀戮婴孩:古斯巴达奴隶制国家为了适应军事集体生活,对羸弱的初生儿进行人为淘汰。

到了这时候,问题颇有些严重了。

自然说这种话的少数白人,自别有目的,这种说教信不信可由我们了。信仰他们而自甘列于低等的,那当别论,不信他们而想争一日之长的,自必把这种污蔑的言论,一脚踢开去。可是有一先决条件,那就是在这种族将遭空前大危难的时候,我们的眼光也应该离开那针孔,我们观察的世界,应该不是米几个钱一升,柴几个钱一斤,布几个钱一尺,什么地方有油水捞,什么地方有妓可嫖。个人的生存是有限的,种族的绵延是无穷的,问题就在为个人的目前享乐还是为社团无限的绵延。走前者的路,那么什么都不必谈,走后者的路,就得以狮子搏牛的力量,与外来的势力斗,与天然的灾害斗。现在就在这过程中。所以目前的时期,正如狄更斯在他的《二城故事》[①]开头所说的一样:"是最好的时期,也是最患的时期;……是光明的季节,也是黑暗的季节,是希望之春,也是失望之冬,我们有一切在我们的面前,我们没有一件东西在我们面前,

---

① 《二城故事》:通译《双城记》,英国作家狄更斯著的长篇小说。

我们都直接走向天堂,我们都直接走向别的方向……"这几句话,可以说明这时代的一切。然而我们不必失望,也不必畏惧。社会的变迁,正是社会演进的历程。H. G. 威尔斯[①]在他的《人类的工作、财富与幸福》(*The Work, Wealth and Happiness of Mankind*)一书中的序言说:"……我们一切人到现在才开始了解我们是生活在我们时代任何体制的蜕变中,在一个混乱中,一个新的就将成长。一切种类的力量都在目前进行着解体的工作,但同时却在建设一种较大的奇怪的机构的新气象,使我们在那里面适应生活。"推陈出新,这是一个必然的历程。而作为社会原动力的人们,唯一的任务,就在放大了目光,发挥人的力量,集结起来尽其人的任务呀!

(本篇最初发表于1935年8月9日《申报·自由谈》,署名"渔")

---

① H. G. 威尔斯(H. G. Wells,1866—1946):英国作家。著有科学幻想小说《隐身人》《星际战争》等。

麻雀与灶虮

从事文艺的人,早已有人断定他们不如鞋匠屠户、理发匠有用。也许正因为他们没有用的缘故,所以他们的社会待遇微薄,也可想而知了。人不是麻雀,但他们却得像麻雀一样住在屋顶,人不是一个灶虮[1],但他们却得像灶虮一样啃面包皮的碎屑。永远有屋顶可住,永远有面包皮碎屑可啃,他们的注意力,也许不至于专注在这上面,但我们要知道,事实上是今天住了屋顶,

---

[1] 灶虮:即灶马,昆虫,善跳跃。

明天有得住没得住，或者这一个月住了屋顶，下一个月有得住没得住；今天有面包皮碎屑可啃，明天有没有得啃，或者这一个月有面包皮可啃，下一个月有没有得啃，对于他们却是个严重得并不怎样小的问题。讲从事文艺没有艺术的良心，这是对于他们的一种污蔑，一切艺术家，都忠于他们的艺术，且努力向上，他们有雄心，他们都如克莱斯特（Kleist）[①]一样，想把诗人的桂冠，从别人的头上摘下来戴到自己头上去。可是为筹划明天的面包，为筹划明天的住屋，他们就不得不多写一点，而换取微薄的稿费。这是由于饥饿的压迫，不得不如此，并不一定出于他们的自愿。压榨出来的苦汁，压榨出来的汗水，只求有销路，自然顾不得什么"曲"呀"直"呀，"幽雅"呀"典丽"呀。这是那些生活优裕少数有闲文艺家的事，而他们无暇顾到此也无这样的经济能力可以顾到这样的事。因为他们既住的像麻雀一样的屋顶，他们呼的空气是污浊的，他们连一

---

① Kleist：通译克莱斯特（H. V. Kleist，1777—1811），德国剧作家。著有《破瓮记》《赫尔曼战役》等。

片青的草地，也不能看见，什么花园别墅，更谈不上，污浊的弄堂，走出来的是褴褛污秽的人物。这样的环境，和这样环境中的人物，灵感既是无从从外面来，饥火却又从里面烧出去，拿起一支笔来写，这是有所为而写，这就根本失去"闲适"的条件，再加之没有雪茄可抽，没有咖啡可喝，甚至连苦茶一杯，也不能到手，然而也只好写，写，不停地写，写得手不能动弹了，两手摇一摇，这就算舒筋骨，头向外张一张，这就算透透气，眼向对面瓦上看一看，这就算散散心，如此而已。这样环境下所写成的文章，自没有高贵的仕女，作为其中的典型的人物，没有富丽堂皇的自然背景，作为其中描写的对象，没有讲心灵的古书，作为其中的引衬。于是那些"闲适飘逸"、古趣盎然的有闲艺术家们看到这样的文章，就要头痛，就要觉得趣味索然，认为中国杂志新闻，一无可观，而只有那些给公子哥儿闲适人们看的图画杂志，最合于他们的趣味了。

（本篇最初发表于1935年8月13日《申报·自由谈》，署名"渔"）

变好和变坏

墨索里尼愤愤于国联会员国的经济制裁[①]，说罗马文化大有造于全世界，今乃以怨报德了。说到"罗马文化"，我们便也想到它最初也是"偷"自希腊。不过这笔"偷"账今天不去算它。今天我想说的，是希腊文化被罗马人模仿了去就变质了。

[①] 经济制裁：指1935年11月举行的国联大会上，经五十一国代表同意通过的禁止会员国向入侵埃塞俄比亚的意大利输出武器、重要金属矿产和提供贷款的决定。

例如希腊那些神，本来是常到人间游戏，管闲事，有时为善，有时也作恶，不过那些神确实是和希腊活人混在一起的，可以说多少有点人味，不是特殊阶级。然而这些希腊的神们移植到罗马以后，便变成"神官"了。也许是更庄严一点，可是也更像罗马那些神气十足的将军和收税吏了。

甲地的土产搬到了乙地，往往要变质。而最通常的，是变坏。不独罗马是这样，我们贵国据说近来很吃了这个亏，所以去年就有多少爱国之士大叫其"复古"。据说也因为国情不同，所以即使有些东西在外国是好的，搬到中国也就变坏了。

这话，我也相信：譬如在外国学开矿，回到中国却变成了刮地皮。这虽同是对付大地，似乎到底不同罢？不过也有在外国是人家不要的坏东西，而到中国却成了宝贝的，那便是军火——人家换下来的旧家伙。

（本篇最初发表于1935年12月11日《立报·言林》）

战时读报感想

现在是第二次了,上海各大报一律减缩篇幅。第一次是在五年前的"一·二八"之战。

也曾问过个中人,据说是因为广告少了。这当然是无可奈何的。但平日所有的地方通讯,现在也不见了。以我想来,在此全面抗战的时候,各地可记的事一定很多,可知地方通讯的"不见"未必是没有材料。

有人说,因为交通不便。但我觉得这不能成为理由的。交通不便,不过通讯迟到了几天而已,不会断绝。

又有一说：地方通讯之所以"不见"，也还是为了节省篇幅。好在地方的重要新闻已有电讯了。不过我也有说，电讯并不能代替通讯。通讯所记，是各地方的一般状况，是经过通讯记者的观察与组织的报道：好的通讯，越是只记些琐屑平凡的"人生"，然而见微可以知著，我们需要的，正是这个。

战事既作，上海和内地的呼吸就受了阻碍，这是不大好的。上海报纸一向是有全国性的，而今实做了"上海"的报纸，我为它这降格抱屈！这是感想之一。

说到节省篇幅，我以为有一些"篇幅"是真应该节省的。现在一大张的报纸，竟有整半张登上海战事消息。然而仔细一看，其中重复处实在不少。例如记昨日罗店方面的战事，既有所谓"本报特讯"，又有"本市消息"，又有标明是"中央社"的消息。内容差不多，不经济，何不截取众长，编为一条呢？这是感想之二。

要说到节省篇幅，则当此时期，上海其实有一种报纸就够了。那不是人力物力都可以大大节省么？这是感想之三。

但是我也知道这个办法是难行的。因为有人事上的种种困难。然而我尤有浅见，我以为，减缩了篇幅的各种报纸既然照常齐出，似乎可以各就其平日最大多数读者对象之各异而创造其各自的个性出来。我相信社会上各色人等对于此次抗战的认识在程度上未必是齐一的，又各色人等在此次抗战中所能贡献的能力也是不一样的，如果各报能认定某一阶层为其对象，在新闻之外多登些针对此一阶层的教育的和宣传的文字，似亦甚善。这样，虽十报齐出而并无"浪费"之讥了。也许这是纸上谈兵，倘付实行必多困难。但我姑以此为我的感想之四。

总之，我有一"偏见"，战时报纸，宣传和教育的任务重于报道刻板的新闻。

（本篇最初发表于1937年9月21日《立报·言林》）

针失败主义[1]

失败主义在社会各方面,尤其是所谓政论家这一群中,似乎始终未曾绝迹。它像疟疾似的,有周期性的发作。

大上海失陷的时候,退出南京的时候,这"疟疾"的热度曾经到了最高点。最近,敌人猛攻平汉、陇海两线,失败主义的气息又往往而在——这可说是"潜热"。

---

[1] 按照现代汉语的语法规则,"针失败主义"中的"针"字在这里不能独立成词,但原文如此。——编者按

如果"失败主义"也有理论的根据，则通常习见的，似乎是下列二端：其一，说我们失地已多，抗战实力消散——至少是大大地削弱了；其二，说我们打了半年，国际形势还是没有大变化，诸侯皆作"壁上观"，口头的正义敌不过现实的大力。这些"理论"，虽然已有不少人纠正过，但在一般人民中间似乎还是颇能耸动听闻的。

可是本月12日报载路透电说："日本陆军纪念日"那天（按是11日），日本陆军省分发一小册子，内称"迄今为止，华北全境及南京以下之江南区，已在日本之手，但现受国民政府统治之土地仍极庞大，日本之占领区仅为其一小部分而已；中国拥有数万万人口，其领土亦倍蓰于日，以其未够现代化国家之资格，其所受痛苦（如生命与金钱之牺牲），虽颇深刻，但较之任何处在同样地位的现代化国家，似仍轻微。是以南京虽已失陷，中国仍拟与日本作持久战，某某数国，因急欲维护其在华利益，怂恿国民政府延长其抗日战争，以削弱日本势力，今方将军火源源运入中国，今日世间似有削弱日帝国势力之阴谋"。

这是敌人自己的供状。这供状中间自然还有掩饰，例如"华北全境及南京以下之江南区"，表面上看来虽似乎"已在日本之手"，但遍布华北的游击队与人民自卫军，日渐在江南区发挥威力之游击队等，都在事实上击破敌人军阀这个大胆的自吹。又如国际人士对于我国抗战的援助及全世界各处风起云涌地抵制日货与不运军需品到日本的运动，可以看出它的全面，这又是日本陆军部的小册子所不愿意提到的。但尽管敌人的供状多少有掩饰，对于我国的失败主义者，这是很好的"参考资料"。敌人既已自认他的占领区仅为中国一小部分，并且我们所受的痛苦"似仍轻微"，敌人且已自认"今日世间似有削弱日帝国势力之阴谋"，不知我们的失败主义者还有什么话可说。

（本篇最初发表于1938年4月2日《立报·言林》，署名"止水"）

"知识分子"试论之一

——正名篇

曹聚仁先生在《抗战三日刊》举发了知识分子也脱离民众，因而引起无患先生的感慨，不辞打落水狗之讥，狠狠地指责知识分子的卖身投靠的行径；[1] 但是我却要

---

[1] 曹聚仁曾在《抗战三日刊》第五十号（1938年3月3日）发表《知识分子也离开了民众》一文，批评在抗战的紧要关头"浙东某区的行政专员向省府提出辞职"，"专员夫人让她丈夫用专员汽车直送温州转到上海保险库去"。无患乃据曹文作《漫谈知识分子的"笔"》一文（发表于同年4月3日《立报·言林》），指责"在严峻抗战中知识分子的'笔'和他的行动所表现的却是软弱的、肤浅的、停滞不前的"，甚至"做了黑暗势力的清客"。

替知识分子喊几句冤。

曹先生是拿着真凭实据才举发的,无患先生大概也是确有所闻见而来指责的,似乎铁案如山,已不可翻,然而我觉得他们两位先生所举发所指责的一班人,虽然知识分子其形,实在已非知识分子其质。他们是属于所谓"士大夫"阶级的。

几年以前,有人发明以国货的"士大夫"三字代替了舶来翻译的"知识分子"四字,实在令人赞叹。所可惜者,以三易四,真理尚只得一半。因为中国有形似知识分子的"士大夫",但也有"士大夫"所不屑与伍的"知识分子"。这在抗战发生以后,尤其显然。在前线,在后方的农村角落,都市贫民区,难民收容所,伤兵医院中,胶皮底其鞋,灰大布其长衫,仆仆往来,被歧视被讨厌者,非工非农非商亦非官,大概只能称为"知识分子"了。而他们是和曹先生与无患先生所举发所指责者,完全不相干。

"士大夫"连举而成为一类,在中国历史上大概也很古罢?不过最初"士"与"大夫"原非一物。"推十合一谓之士",可知"士"之所以为"士",原来在他的知识这一面。而且此知识倒也不一定属于文墨这方面。"士"这个字,似乎本来倒与"印退利更追亚"①(知识分子)这个字相当的。然而自有"学而优则仕"的阶梯,"士"成了候补的"大夫",终至于"士大夫"连举而为一类了;这是"士"的进步,然而也就是"士"的变质。

我们简直可以说,周秦以后,单纯的,不为"大夫"之候补者的"士",已经几乎绝迹。考之古籍,凡未成大夫的"士",差不多总有一个形容字戴在头上,有所谓"寒士",那是不寒之士用以讥讽那些终生爬不上仕途者;有"名士",那是大夫的另一个形态;有"高士",这可妙了,飘飘然没有烟火气,当然与民众绝缘,而且恐怕还不辨黍菽,更说不上"推十合一"。"士"之演变如此,安在其能还原而离"大夫"而独立。故如曹先生所举的某专员,虽然奉为学者,是知识分子,但既已成大夫了,他一向是在"牧民",如何尚能不

---

① 即"Intellectual"的音译。——编者按

和民众分开？浙大学生，目前虽则还够不到"大夫"，但将来多多少少总不免是大夫的候补者（或者现在已经是自觉的或半自觉的候补者），然则他们自视他们的性命比老百姓的值钱，正也是理之当然。至于无患先生所指责者，恰就是今日尚未成大夫而意识上已成为百分之百的候补大夫的人们的一个未来的缩写。

他们都不是"士"了，所以如果我们称之曰"知识分子"，不但名实不符，恐怕亦怫然作色，以为你是小看了他。

（本篇最初发表于1938年4月3日《立报·言林》，署名"仲方"）

"知识分子"试论之二

——知识篇

什么是"知识"？难言。

经世治民，旋乾转坤，——这种种，似乎不便小称之为知识。

多识鸟兽鱼虫草木之名，这又好像太狭义了，不便抬高而尊之曰知识。

天文地理，无所不通，九流三教，无所不晓，这是斗方名士"理想"中的顶括括的知识分子，然而如果仅仅通而已，晓而已，所蓄虽多，亦不过是两脚书橱而已，我们的先贤早就看不大起他了。

大凡没有能动性的，不问是三坟五典，八索九丘，河图洛书，乃至声光化电，唯物辩证，——只要是本来活泼泼能动的东西，一到你脑中就变成一块一块像图书馆里藏书那样的死东西，那你虽然据有了却不能算你有知识。所贵乎有知识，在他能以之为剖解问题的锁钥，以之为辨析事理的分光镜，以之为审察邪正的绳墨，所以知识在一个人头脑里是具有能动性的，他把一个人头脑武装起来使其能分析，能判断，能作主张。我们称混混沌沌，香臭不分，黑白不明的人们为"没有知识"；反之，就是"有知识"。这可说是通俗的对于"知识"的解释。"士"之定义为"推十合一"，也是十足暗示了知识的能动性。

目光尖锐，能看到人所看不到，能做人所不敢为者，通常称之曰"有识之士"，如果翻译成新名词，那还不是"前进的知识分子"么？

照这样说来，我们再从曹聚仁先生那篇文章里借一个例子来罢，如某专员，恐怕不能算是知识分子。为什么？因为他所有的知识，不是我们上面说的那一套。换言之，他用以武装他的头脑的那些知识不是用以明辨事理等的。也可以说他之所以明辨，与现在中国人本分所应明辨者不同，所以他谨遵阃令，觉得这样的时世，还有什么官可做，干脆辞掉那"捞什子"了。因为他所有的"知识"不是使他知道做一个现代的中国人的本分，而是怎样做官，怎样例行"等因奉此"，怎样"牧民"罢了。等而下之，汉奸头脑里那一套"知识"，只是叫他出卖灵魂，"有奶便是娘"。托派头脑里那一套洋货"知识"，只是叫他作为骗人的咒语，一变而为党棍再变而为敌人走狗的一套魔术罢了。

这不叫作"有知识"，因而亦就不能算是"知识分子"；中国有旧称呼，叫作"文妖"，叫作"学蠹"！

（本篇最初发表于1938年4月5日《立报·言林》，署名"仲方"）

"烧尽了现存的卑污与狂暴"

——祝贺"中华全国文艺界抗敌协会"成立

3月27日,中华全国文艺界抗敌协会在汉口召开了成立大会,大会宣言中有这么一句:"我们必须把力量集聚到一处,筑起最坚固的联合阵营,放起一把正义之火,烧净了现存的卑污与狂暴。"

3月29日黄花岗革命纪念,那天晚上广州市有空前盛大壮烈的火炬游行,我在行列中每每"前瞻后顾",看见了那火龙似的浩浩荡荡的队伍,便又记起了"全文抗协"宣言中这一句话来,"放起一把正义之火,烧净了现存的卑污与狂暴"。

"全文抗协"的成立，不但是文艺界空前的大事，而且也是抗敌统一战线继续增强的一个具体的表现。"文人"因为太富于感情，自来是不大容易集合在一个旗帜下面共同工作。但抗战的烽火和民族解放的号角，已经使全国不同派别的文人都团结起来，在统一的组织之内贡献他们的心力了！

这正像3月29日夜火炬游行时的伟景——点点的火星汇成了火海火龙。"烧尽了现存的卑污与狂暴"，这预言，在不久的将来就可以实现了！

（本篇最初发表于1938年4月6日《立报·言林》，署名"止水"）

战利品

最近我军在台儿庄大胜[①],获得了不少胜利品,据报载,现在已经查明的,已有步枪万余支,机枪近千,轻重炮百多尊,并且还有催泪弹管和毒瓦斯。

但这些还是有形的战利品。台儿庄之役,我们还获得了更宝贵的然而是无形的战利品:这就是对外粉碎

---

① 台儿庄大胜:1938年三四月间,日本侵略军向山东南部、徐州外围之台儿庄(今枣庄)大举进攻,当时由李宗仁指挥的国民党军以优势兵力围歼日军精锐部队两万余人。

了敌人的贯通津浦线的迷梦,对内又一度证明了唯武器论者的失败主义的错误,又一度加强了抗战到底必然胜利的信心。

有人也许会这样想罢:台儿庄之役,我们也有机械化部队,飞机对飞机,坦克对坦克,用以击退敌人。不错,此次胜利,我忠勇的空军及新练的机械化队伍,当然起了很大的作用;敌人有飞机坦克而我军如果完全没有,那自然不行。但敌人的飞机和坦克多过我军数倍,却也是事实。所以台儿庄之役当然是飞机对飞机,坦克对坦克,而我方胜利的主要条件并非单单在武器。

这次的胜利,不是偶然的。这是我们从第一期抗战挫败后得到教训而能改进的结果,这又是三数月来切实改进战略,动员民众的结果。而特别重要的则是国民党临全大会宣布《抗战建国纲领》①,昭告国人以抗战到底,重申精诚团结,决心整饬政治……精神武装

---

① 《抗战建国纲领》:抗日战争爆发后,国民党政府在全国人民的压力下,于1938年3月召开临时全国代表大会通过了这一包括有关抗战的军事、政治、经济、外交及保障言论、出版、集会、结社自由等内容的"纲领"。在国民党政府的反动政策下,实际上它只是一纸空文。

后第一次收获的胜利之果。

敌人究竟是积年的老手,他一定还要孤注一掷做第二第三次的猛攻。全国同胞在闻胜不骄之余,还应当认识这次胜利的意义,加强全国的精诚团结,加强民众的动员和政治的刷新,以保障我第二第三次乃至最后的胜利。

(本篇最初发表于1938年4月11日《立报·言林》)

忆五四青年

"觉悟"二字，最足以形容五四时期青年的精神状态。

这一种精神状态见之于求知识，则为唾弃了传统的"缠足文化""长指甲文化"，而渴求新鲜泼剌的东西；见之于立身处世的，则为摆脱桎梏，不畏流俗的非难，元气蓬勃地闯出了"狭的笼"，要创造一番新事业，实现一个新世界。

那时候青年们发扬蹈厉的气概，也可以借一句成语来形容，就是"初生之犊不畏虎"。

那时候最严厉的批评（或斥责）只是"不觉悟"三字。

那时候"觉悟"的男青年以锦衣珍馐为腐败，女青年以涂脂抹粉为堕落。那时候的青年藐视权贵，睥睨豪富，意若曰："你们算得什么？我有我的觉悟在！"

那时候，只要是闻所未闻的，新鲜泼剌的思想主义，青年们都虚心接纳。"思想庞杂"是不免的，然而确是被视为"精神的食粮"而吸收，并没被用为"洋八股""敲门砖"。

这都是五四青年精神的最可宝贵的地方。

现在我们也许要笑那时他们的只凭一股"傻气"来"打江山"，也许要鄙薄那时他们思想的没有系统，然而我们看看现在"不傻"的，太会"适应环境"的，在干些什么？我们看看现在有多少人只把思想主义作为"洋八股"，甚至于"敲门砖"——托派的徒子徒孙以及其同类在干些什么？现在最严厉的指斥是"反动"二字了，但现在有些"青年"受此二字的时候会不会比从前五四青年被指为"不觉悟"时更多些惶愧？

我们没有理由非笑十多年前幼稚然而质朴的同伴!

在抗战的烽火中,或者当年的"五四"精神能够复活而且能够升华到更高一阶段罢?我祈祷着,但我也看见了端绪了。

(本篇最初发表于1938年5月4日《立报·言林》,署名"微明")

第二辑

读史偶得

读史偶得

如果从"士大夫"的"作为"而论,南明和现在也还不少相像的罢?

清兵已经压江了,然而南都的"士大夫"却忙着几件事:按檀板,谱新声,镇静之态可掬,这是一;拼命搜刮,排除异己,这是二;有官无衙,摆全副执事以夸耀邻里,博床头黄脸婆一笑,这是三;自然也还有四,暗暗准备欢迎"王师"。

然而读当时诸显贵之奏章告示,又何其典则堂皇,以"中兴"大业自任呵!

最"妙"的,是马士英[①],他是一个"立储"的专家,最初拥戴福王于南京,自为宰辅,于是卖官纳贿、颠倒贤奸。金陵既陷,"圣安"出奔,他又奉太后至杭,思欲再续"国统",既不能,则拥重赀与部下将士数千徘徊闽浙之间,仍思求"太祖子孙而立之"。马士英倒是个不肯做汉奸的人,无怪郑芝龙[②]要替他在"隆武"面前说情,谓其"不即叛降,而亟亟求太祖子孙而立之,一念可嘉"。然而像马士英这样以"救国"为发财的工具,拿"国运"来开玩笑,实在比"叛降"还可恶!

郑芝龙到底是海贼起家的粗人,既因翊戴之功而添增了私财,后来就干脆投降。但马士英是"士大夫",他知道"亟亟求太祖子孙而立之",亦是"出路"一条。

每当变乱之世,马士英之流往往而在——马士英不过是最"典型"的一人罢了。

---

① 马士英(约1591—1646):明末官僚。李自成攻克北京后,曾拥立福王于南京,任东阁大学士、太保,排斥史可法等抗清派,专权误国。
② 郑芝龙(1604—1661):郑成功之父。明末拥唐王于福州,建立南明隆武政权。1646年清兵入闽后不战而降,后为清廷所杀。

但是由此也可以知道:"士大夫"而变节,固然是为求个人的出路,但"不即叛降"而以"存亡继绝"为事者,亦未必不是为求个人的出路,辨之法很简单,只要看看他的钱袋饱不饱。

(本篇最初发表于1938年5月29日《立报·言林》,署名"迂士")

保卫武汉的决心

在保卫大武汉的呼声中，包含着一些重大意义——所争不在一城一地之得失，而为民族存亡转机所在的政治的建议。只举荦荦大者来说罢，那么——

首先，这是对于企图诱引我们中途妥协屈服的"和议空气"的第三次的回答。徐州失陷以后，侵略者一方面急急改组内阁，张牙舞爪以"决心"威胁我们，另一方面又放出和议未始无望的空气，嗾使北平伪组织公然发出"和议"的通电，并且，国际消息又每每闲处着墨，点逗第三国调停的"已到时机"。这种一贯的两面做法，固然说明了敌人的阴险，但也是暴露了他其实是外强中干的。中途妥协即是自取灭亡，只有楚楚可怜的妥协派还在希冀刀下偷生。保卫武汉便是要对外击破侵略者两面人的阴谋，对内根绝梦想妥协的一部分人的先天弱病！

其次，抗战以来，朝野上下从血的教训中已经认识了最后胜利的必要条件是动员民众。现在一周年了，民众究竟动员得怎样了呢？我们不忍尽言，但又不忍绝不一言，只用一句话来描写：一方面是严肃的工作，一方面是荒淫无耻！民众虽"愚"，但不尽盲；严肃工作者大声疾呼，——政府抗战，为国为民，希望民众出钱出力，但是"亲民之官"以至村镇长保甲长却立刻在行动上打了严肃工作者一记耳光。在动员民众这一项下，宣传不过是最初步的工作，但荒淫无耻已经使得宣传工作者在民众眼内只是些"卖狗皮膏药"的骗子！宣传如此，比宣传更艰难的动员民众工作，自不用说了。一年的经验，差不多可以得出一个定例：一地未失以前，贪污土劣借

"抗战"发财，阻碍破坏动员民众，失陷以后，他们或腰缠十万，飘然远扬，甚至到更后方再发"国难财"去，或者老实做了汉奸，倒帮"新主子"来"组织"民众。这一个"定例"，如果不给以彻底的打破，则动员民众云者，简直是自欺欺人，简直是以民族命运为儿戏！保卫武汉便是这"定例"能否彻底打破的试金石！

要下决心来扫荡积污，则在保卫武汉声中，武汉区应是首建模范的地方。有这决心，武汉必可终保！

要有这样的决心，则虽不幸而武汉终于不能终保，即取得了代价以后，为战略的退却，但最后胜利却真真有了保障！不然，本来绝对正确的"一城一地，无关大局"这句话，将来会成了啼笑不得的讽嘲！

保卫大武汉！胜负之机在马当、香口①之间者尚少，而在"庙堂"者实多。我们对于开会中之国民参政会议不能不报有极大的希望。

（本篇最初发表于1938年7月4日《立报·言林》）

---

① 马当、香口：地名，均位于武汉以东。

从"戏"说起

"人生是一部戏剧",西方人有这样意思的一句话。但是他们又说"没有斗争,就没有戏剧",这一注脚就显示了他们对于生活的认真、积极和严肃。

中国人对于"戏"的观念是刚刚相反的。"逢场作戏",这一句话已经多么惫赖了,但尤其"沉痛"的,是"官场如戏场"!委蛇浮沉,翻云覆雨,将假作真,以真作假,诸凡官场的丑脸谱,全由这一句话来道尽了。然而自来"牧民"诸公却鲜有不把这句话当作做官的诀窍。

在现代的民主思想看来,"牧民"二字早该打进十八层地狱里去了,可是恕我说一句不入耳的话,即使是"牧民"罢,只要真正在"牧",真正把子民们看作他的"羊",那倒是个尽职的牧人,已经是好官了。痛心的是,他在做戏,无往而不开玩笑。一个负责的演员,当他粉墨登场的时候,已经忘记了自己在做戏,他是真实的"生活"在他所扮演的那个剧中人的生活里了!正因他能如此认真严肃,所以他不是开我们玩笑的流氓,而是给我们灵魂以震撼的艺术家。

这样演剧的艺术家在旧派和新派中,都有不少。在这一点上至少,我们相信中华民族不是没有救药的民族。但也从此窥见中华的官族却实在病入膏肓。

历史上每当转换朝代,总有不少奸臣,也有若干忠臣。奸臣呢,自然是在做戏了,他视换一个主子犹如换一副袍褂。但忠臣之流,我也有一点觉得他们也还是在做戏,不过"命运"的导演派定他们饰"忠臣"罢了。这也许是持论太苛罢,但是看到他们虽复"受命于危难之际",辅弼幼主,但群奸盈朝,沐猴而冠者遍野,曾未能大加斧钺,肃清纪纲,便不由人不怀疑他只是在唱忠臣的戏了。

等到他戏唱完,国也亡了!

我们读南宋南明的记录,便不禁诧异:为什么老调子三百年而必一见呢?一方面是不在台上的,屡举义旗于草莽,那是认真,是严肃;另一方面,在台上的却十足是做戏。民族魂确实未死,然而跟病人开玩笑的医生也是应运而生,何代无之。明至于今,也是三百年了,老调子不应该再唱了,因为这一次的对手太凶险,这一次大割症,不能再开玩笑!

打倒传统的痼疾——官场如戏场!

(本篇最初发表于1938年7月5日《立报·言林》)

"七七"

这是"抗战日"！这是沉痛的一日，也是光荣的一日！

沉痛，因为"九一八"以后的六个年头里侵略者是在一分一秒也不放松地布置计划，由一点一点的蚕割以至一口气灭亡我民族，可是我们却处处落后，"内战"消耗了力量，外交路线依违不定，未能及早获得可共患难的与国，乃至卢沟桥炮声既作，一部分人尚希冀可以苟安而"幸免"。

光荣,因为全面抗战的烽火终于举了起来,因为"中途妥协便是自取灭亡"的昭示到底一次两次地扫除了各种各样的屈服主义,向最后胜利的确信迈进。

抗战已经一年了。一年之内,我们人力物力的损失,以亿万计,三分之一的土地被蹂躏,后方的许多城市天天被轰炸。但这一切已经有了光荣的代价。我们至少已经达到了消耗敌人的目的,我们至少已经证明了中华民族不能忍受宰割。尤其重要的,今年"七七",我们已经有了《抗战建国纲领》,已经有了民意机关的雏形:国民参政会!

《抗战建国纲领》和参政会是数百万军民的热血及数千里的焦土产生出来的。在血泊中、炮火中产生必须在血泊中、炮火中充实!产生已经不易,充实自属更难。今后我们要用今天全国一致"素食"的"精神"来全国上下一致求《抗战建国纲领》之实践!民众应当在政府领导之下让纸面上的《抗战建国纲领》成为事实,并且也应当依据纸面上的《抗战建国纲领》来指挥各级政治机构之缺陷失职,以补中央耳目所未及。

政府应有澄清政治的决心，以大公坦然之心来接受民意，必先有言论自由，然后真能做到上下一心一德。

今天全国都在追悼死难的将士与民众，让我们告慰他们在天之灵曰："你们瞑目罢，曾经使得你们死不瞑目的那些缺点，现在是在一点点补救过来！"

（本篇最初发表于1938年7月7日《立报·言林》）

退一步想？

退一步想，虽非民选但已包罗了"各党各派的领袖以及社会上知名之士"的国民参政会，也未始不是"相当的"民意机关。在中国，有不少事情不得不做退一步想。不然，要求太高反而连太低的"获得"都没有。

但是"相当的"代表了民意的参政会诸公，并建言尽职的时候，有许多事情却不能作退一步想的：民众受贪污土劣之害深矣，若非整饬纪纲，是为弄民，这一步不能退；抗战大业受阻于不健全之政治机构者，至今暴露无遗,这一步也不能退;报销主义,形式主义,做戏主义,这都是虽能抗战下去而不免于亡国的,如何根绝这些痼疾,这一步也决不可退。

民众虽"愚",然而是不"盲"的。民众现在已经看清了他们是处在怎样一个非生即死的地位,他们没有半步可退!这一点,参政诸公千万不可忘记!

(本篇最初发表于1938年7月8日《立报·言林》,署名"迁士")

古不古

　　文俞先生写了一篇《复苏吧，古城！》，李育中先生针对似的写了一篇《广州不是古城》（皆见《立报·言林》）。向来有这么一句话——"写文章不难，取题实不易"。这是因为题目常常在正文之前先给了读者一个暗示，甚至有时使人忽略了正文的意义，而只记住了题目。

　　为什么要称广州为"古城"呢？我不是作者文俞先生，当然不知道。但是读了《复苏吧，古城！》以后，我觉得作者并无将"古城"二字作为"衰老的城"的意思,相反地,他也和李育中先生一样,承认这是"美丽,伟大,热情"的一个城。

汉字实在太噜苏,每每惹起误解,譬如"古"字,倘照本义的"十口相传",并无衰老、落后等意思,引申地用起来,这才有衰老等不美的意义了。因此"古城"二字可以作为"衰老的城"但也可以作为"有历史的城",把"古"字解释作"有历史的",实在也通常得很。从文俞先生的那篇文章中,我以为这"古城"二字也就是"有历史的城"的意思。李育中先生说"这是太侮辱她了",其实也有点误解。我们行文时常用"四千年文明的古国"这一句熟调,现在的诗人们也常常称"古国",这些"古"字都没有"侮辱"的意思,不是很明白吗?

但"古城"二字之各有各解,也还是枝节问题。我从他们两位的文字中又看出了两种不同的对于现实的看法。李育中先生是无条件的赞颂,他的这篇文字在提高情绪这点上,当然是需要的。而他这种"意气如虹"

的心情也是现在人人所应有而且必须有的。可是文俞先生却意在促人反省，警惕，从而更加努力。他说到去年这城已经受过一度轰炸，可是不久"便恢复了活力，这活力建造一切"，但是他沉痛地惋惜着它的"活泼中多了太多的颓靡"——"酒肆的繁荣在花枝招展的女招待陀螺样打旋，笑声腻语使人们忘记了听取播音台播送着的《义勇军进行曲》。"可不是吗？在本年5月16日以前在广州住过的人，谁都会感到这种畸形的"太平景象"吧？谁都会觉得那里一方面固然是严肃的工作，又一方面却是荒淫颓靡呵！在今日，批判地来指陈这现实，"希望它庄严得如面对上帝的神仆"，该也是需要的罢？

我们要激动人心，指陈民众的美德，但更要指摘不合理的现象，唤起民众的注意，来纠正它。

（本篇最初发表于1938年7月11日《立报·言林》，署名"迁士"）

关于青年问题的一二言

在这世间,并且就在我们中间,知道了思想的重要,而又肯用思想,知道了学习的必要,而又肯学习,但是思想没有中心,学习又不会选课的人们,恐怕并不少罢?

对于他们有一个现成的批评,曰"愚"。然而此批评的本身亦未必聪明。因为天资尽管差,不过理解得慢些罢了,无碍于他思想之有无中心,不过学习的时间要多些罢了,何至就连选课的能力都没有?事实上,没有中心思想的"马浪荡"①,倒是一些聪明子弟,他们什么都晓得一点,但什么都不能分析明辨,什么都喜欢学一学,但没有恒心,而且也不愿意有恒心去专一。

如果觉得这是聪明的浪费,毕竟可惜,那么,我要说,这不能归咎于他们本人,这有政治的、社会的原因,他们十足是"时代"下的牺牲者。

年来我们看见负有教育青年之责的人们,亦尝以中心思想面命耳提了。但是中心之法,首先是窒息了青年们的思想自由,误以为人之头脑是跟一块白布似的,先染了什么颜色就是什么颜色,却不想到"现实"是无情的,要是你所加工染上的跟"现实"不一贯,那就会被"现实"所风化,所剥蚀,终于成为斑斑驳驳的一团糟的。更何况一面提倡科学精神,一面又呼号中国本位文化,遂欲集东西文化之大成,其志可壮,独惜太像"百衲本"②了,虽属瑰奇,未当实用。受之之青年,当其闲坐书房,东西古今地雄谈起来,未始不像是整然一套,但一遇

---

① 马浪荡:俗指无所事事、游手好闲的人。

② 百衲本:用各种不同版本的残卷散页配合或汇印的书本。

实际问题，可就困惑而无所措手足了。

年来"专家"之声，扬溢市阓，这应该是可以把一些"马浪荡倾向"潜移默化了罢？然而推崇"专家"，虽则其声颇大，而在社会上施展自如者，还是一些"万能博士"。三脚猫①式的人才充满于政军商学各界。这种事实的暗示，安得使青年们不把自己变成个"七寸三分的帽子"②？安得不倾向于"马浪荡"主义？

养成青年干部，现在是被十二分地注意了，但解救这些矛盾，应当是养成的先决条件。

（本篇最初发表于1938年7月15日《立报·言林》）

---

① 三脚猫：俗指一些对知识技艺略知皮毛的人。
② "七寸三分的帽子"：喻学无专长（"万金油"式）的人物。

又一种看法

读到了李育中先生的第二文《我对广州现实的看法》①,觉得仍旧有几句话要说一说。

首先,李先生似乎以为人家是在"挖苦小市民"。他说"像文俞先生这回所痛心而又经迂士先生征引的什么……古城中酒肆的繁荣……可以说是抓不着重心

---

① 《我对广州现实的看法》:1938年7月18日发表于《立报·言林》。在此文前,7月8日《立报·言林》还刊有李育中作《广州不是古城》一文。

的,……反而可以说是太好挖苦小市民了"。但我最初就觉得文俞先生那篇文字中指摘大轰炸以前广州市的畸形的繁华或"太平景象",并没有针对小市民的意思,现在李先生认为那都是"小市民"造成的,我也不以为然。在天天有敌机威胁的都市里的"太平景象"乃至"颓靡",而谓只是"小市民"在那里"造成",无论如何是说不过去的。小市民,也许如李先生所说,"哪一个时候不是彷徨与苦闷",但即使照李先生的认识,"太平景象"乃至"颓靡"是小市民在那里扮演主角,那么,谁实使之,应该有人负责的。因此,我附和了文俞先生那几句话;我觉得那不是针对小市民说的,那是指着了现象背后的社会政治机构的缺憾的;因此我又觉得李先生斥为"抓不着重心",未免言重了罢?

抗战到现在,民族的潜蓄的美质与光明势力在一天天尽量发挥,那是事实。我从未反对人家讴歌这种事实。但是社会的恶势力却也在此时期加紧作恶,政治机构的不够适应非常时期(而这又是原因复杂的),以至助成了一般人的苟安乃至变态的"颓靡",这也是事实,我觉得倘有人专在这方面暴露，也并不是"悲观"。

现象是个个联系着的。在此时期，批评了反映于生活浮面的某些不合理的现象，只要所观察的是尚能透过了那浮面，我觉得可望于读者的感应，大概也不至于很单纯的罢？在"磨擦"（摩擦）须得"慎避"，乃至批判被视为"磨擦"（摩擦）的今日，说话常常不够"勇敢"也是事实。李先生以为"先生们"不够勇敢，就只好揪打小市民了，其实"小市民"亦不易"揪打"，例如"小市民"中的知识分子的热起来如火，认为什么都是好的，失望起来又万事全灰的这种"态度"，他就有不少的"理论"来为自己辩解，而说到后来，旁观者却先不耐烦起来，会大声喝道："这是行动的时代，不是空论的时代！"

（本篇最初发表于1938年7月25日《立报·言林》，署名"迂士"）

宣传和事实

《抗战文艺》（武汉出版，中华全国文艺界抗敌协会的会报）第三期有向林冰的一篇论文：《通俗读物编刊社的自我批判》。这是目前针对"利用旧形式"对赞成与反对两方面都有参考价值的一篇文章。"通俗读物编刊社"已有六年的历史，编刊的通俗读物不下三百余种，它自己来个"自我批判"，当然更见切实，所谓"甘苦自知"，比不着边际的空争，应当不同。事实上，这篇"自我批判"也颇公允。

论文中检举了他们过去所编刊的读物在内容方面有两种缺陷，其一就是"缺乏民权主义与民生主义的宣传"。

在这一项目下，它指出了在抗战期，着重民族主义的宣传，自属必要，不过，"三民主义是一个连环性的体系，八九个月以来抗战的教训，在证明必须使民族主义在民权主义与民生主义的规定之中，然后才能顺利地达到目的，即必须以民权与民生的同时实现为条件，然后才能保证抗战的最后胜利，才能使抗战与建国获得合理的联系，才能在抗战的过程中建立起独立自由幸福的三民主义的新中国"。

他们坦白地自承："试统计一下我们的读物内容，前后编刊达三百余种，就中只有新《绿荷包》《大战平型关》《丁方上前线》及《王大鼻子闹戏院》等四种，略微谈到了民生改善与抗战胜利的关系，至于民权主义与抗战的关系则完全没涉及，这不能不说是一个严重的缺陷。"

这一篇文章发表于5月10日，迄今两月余了，文化界对于它所提出的这一个严重的缺陷似乎也还没有过深切的注意和热烈的讨论,这也不能不说是一个严重的缺陷。

事实上,这一严重的缺陷不但见于通俗读物,并且也见于素以战斗性为传统的新文艺作品,乃至一般的抗战文化工作。但我们也没忘记,关于民主民生与抗战的关系问题,曾经有过论争,不幸在论争尚未得到结论的时候,就有借用破坏抗战的大帽子来禁争,或用避免摩擦的堂皇之词来弭争了。甚至在后方的作为"民族复兴根据地"的某一省①,干脆禁止谈到民权和民生,理由是"不利于抗战",因而都是"汉奸捣乱的行径",这就说明了这一"正确的认识"的确立,也还没有从文字的"宣传"上得到成功,更不必说由此正确认识而产生了对人民大众的宣传品。

因此,"必须以民权与民生的同时实现为条件,然后才能保证抗战的最后胜利",——这一问题,对于有些大人先生和知识分子也许是一个能不能认识的问题;

---

① 某一省:这里指四川省。

然而对于通俗读物所要宣传的对象，人民大众，这却不是认识的问题，而是实践的问题。人民大众的头脑里大概没有"三民主义是一个连环性的体系"这么个观念，然而他们却早已从保甲长抽丁派捐的不公和舞弊中，从"亲民之官"的借口抗战而巧立名目增加捐税一饱私囊中，从土劣之把持与霸道中，"认识"了三民主义的抗战只是无民主义的抗战，于是许多不像是今日中华国民应做的事，例如对于抗战淡漠乃至逃避兵役等，都屡见而成问题了。"正确认识"的宣传品在这"不合理"的现实面前，只成为可悲的嘲讽。一个赤忱热血的宣传员带了"正确的认识"下乡去，在贪污土劣眼中是捣乱分子，而在民众眼前却是一个走江湖的"卖狗皮膏药"的家伙！两面碰壁，还能收宣传的效果么？

民众虽"愚"，但是有一点却颇聪明，就是不要不兑现的支票。正确地把握了三民主义连环性的宣传品，必须是兑现的支票才能有效地激发全民的敌忾，才能深入民间，而且今即须兑现的数目其实也区区得很，——只要解除了土劣贪污对于民众的剥削压迫，扫除了土劣贪污借抗战发财的事实，也就够了。

宣传是不能离开实际政治的。在实际政治尚多严重缺陷的时候，宣传品即使是毫无缺陷，也只能成为文化史上的美谈，不能发生实际效果。特别是通俗读物。我希望"通俗读物编刊社"依据了他们的认识而编出好的读物来，但我更希望政府当局在事实上先扫除宣传的障碍。

7月11日，夜

（本篇最初发表于1938年8月1日《星岛日报·星座》）

闲话"临大"

《抗战文艺》十三期有一篇通讯——《临大长征剪影》，记临时大学①由湘迁滇后的"表现"，而于文法学生之浪漫生活指摘尤多。我们不必多引，只摘录通讯里的一句话："蒙自地方人致函学校当局，谓蒙自人希望临大学生从平津带一些亡国惨痛，而不希望带这些摩登来！"——够叫人痛心了！

---

① 临时大学：抗战后由北大、清华、南开三大学联合组成。初迁湖南长沙，继先后迁云南蒙自和昆明，并改名为"西南联合大学"。

"临大"学生中自然有许多是热血有为的青年。当"临大"宣布了迁滇的时候,在校内校外作反对迁滇运动的,就是他们。为什么他们宁愿住在有被轰炸危险而且以"卑湿"著名,冬天如赴冰窖夏天如在锅底的长沙呢?也只要一两句话就能说明:他们觉得远远躲到云南去读死书,不是现今一个大学生的"报国之道";他们相信读死书不是战时教育,他们要在接近战区的长沙,比较还有救亡工作的长沙,跟现实学习,来锻炼他们的能力和气魄!

但"临大"当局,方以"专门学术人才须在后方安全地域培育"为宗旨,并且教育部也已经准许搬移,全体五分之四以上学生之反对,中什么用?

当时长沙某报有社论送"临大",颇多微词,大意谓"临大"在长沙六个月,没有留下什么,希望他们到云南以后好好地有点"表现"罢。有一个朋友(湖南人)读了这社论时对我说:"这话未见公允。'临大'到底留下了一些什么在长沙的,就是摩登的行为,摩登的装束!"现在又听得蒙自人以此为讥了,虽属传闻,却总令人苦笑。

我并不想张皇"临大"的缺点,我也已经说明"临大"学生中大多数还是热血有为的青年;然而我总觉得"临大"当局的教育方针是会使觉悟的青年灰心而不觉悟的青年浪漫享乐。远迁昆明蒙自,岂不是要在"后方安全地域"让学生静心读书,"培育专门学术人才"吗?但是"一门课,两三个人教,参考书缺乏,……甚至向老学生借笔记"(皆通讯中语),也未见得就能达到培育专门人才的目的罢?战时的高等教育到现在还如此,太开玩笑了。

(本篇最初发表于1938年8月5日《立报·言林》)

论《论游击队》

好久不见陈独秀先生的文章，听说他已经到四川去了，大概是重庆罢。但意外地，却在第三号的《星岛日报》上读到他的《论游击队》。

陈先生说他所得的关于游击队的材料，却是"可以毁的多过可以誉的"，因而他以为"对于游击队必须充分认识，方不至为时论所迷"。

他的第一点是论游击队的"本质"，第二点论游击队的作用。重心或者是在第二点，因为他反复责难，行文较长。他首先说:"倘幻想专靠游击队来保国,便是天大的错误。"继即论及"近代国家已经是工业支配了农业,城市支配了乡村,大城市支配了小城市",敌人是懂得这一道理的,所以"首先要占据的,是我们的沿海沿江沿铁路的大城市","他们占据这些城市,便可以支配全中国"。于是进一步,陈先生说"如果我们执迷不悟,过分地估计游击队和游击战术,无意识地帮助敌人,更容易地占据了我们全国的大城市和交通要道,即使游击队布满了全国的农村和小城市,甚至避开敌人的势力在偏僻的地方建立一些可怜的边区政府,仍然算是亡了国"。

在这里,我同意陈先生的不能"专靠游击队来保国"这一见解。然而我觉得奇怪的是,"时论"并没有"专靠游击队来保国"这样的说法,反之,"时论"是曾经极力说的游击队如何配合正规军作战的,"时论"又极力主张保卫大城市的,保卫大武汉的呼声不是已经响了一个月吗?为什么陈先生竟充耳无闻呢?其次,我又觉得陈先生的"大城市支配了小城市"之说,也有可议之处。在一个平时状态的国家中，"大城市支配了小城市"，诚属事实，但在抗战中的中国，在抗战中的已失陷的中国的大城市却已情势有异。经过战争的破坏，大城市虽非一片焦土，却已失却了"军事上，文化上，经济上"的重要性。敌人占据了若干大城市，恐怕是作为军事据点的意义更多于"支配小城市"的意义罢？到现在为止，盘踞在这些几乎没有什么居民的大城市的敌人，凡自给养，都不能不取自本国，如果一旦后方交通被断，这些被占的大城市还不是死城？陈先生指责别人过分地估计游击队（其实没有人过分估计，文献具在，可以明证），但陈先生自己却过分地估计了敌人拿到大城市后的作用。我倒觉得陈先生文中的第一点，即论及游击队的本质颇耐寻味。陈先生说游击队中有"在民众之外，在民众之上，向民众征发军器食粮"的一种，"被人骂为游而不击，抗日不足扰民有余，亡国的游击队的，正指此辈"。现在有这样的游击队，也是事实。新近被新四军的游击队在江南解决了的，也就是这样的游击队。据各方所得的材料，这样的游击队正是敌人豢养的汉奸玩的把戏，其用意在淆乱民众对于游击队的认识。可是另外也有材料，证明尚有某种汉奸组织的游击队，他们亦游亦击，但很少在前方，他们不是为抗日，却是作为陈先生所指斥的第三种游击队以外的第四种的亡国游击队！这种汉奸影响下的游击队，在豫南，在闽西，都已经发见过了，可惜陈先生所得的毁多于誉的材料里，竟还没有！

（本篇最初发表于1938年8月6日《立报·言林》，署名"迁士"）

漫谈二则

忆孤岛友人

懒于写信是多年来一个不好的脾气。南来以后，时时忆念尚留在孤岛①的朋友们，但除了"事务地"写过三四封信，就不通音问。这一则由于旧脾气还没改掉，二则觉得要讲的话太多了，理不出个头绪来。

后来听说敌人实行检查邮件了，去信措辞，应当万

---
① 孤岛：指 1937 年 11 月沦陷后的上海。

分小心。为了一封不过多饶几句舌的信而惹出大祸，送了朋友一条性命的事，中国本已有过，仅仅两年前罢，一个见过几面的朋友忽然失踪，据说原因就在一封饶了舌的信。忧患余生，这点儿谨慎是懂得的。但因此也成了偷懒的理由：索性不去信。

两个月前，也为了"事务"，去了一封虽然多言但决不至于出岔子的信。一位老朋友来了回答了，是三月二十八日付邮的：原文抄录如下："前由××兄寄语，知'陈第'①不日落成，征文及弟，旋接油印件，又知主持言林。昨日余一兄赴港，曾托致语代达一切。近日唯有感伤，几觉睡梦都无意义，尚有何话可说？而况青鸟出樊笼，难破珊瑚之锁，纵孤愤成篇，恐亦不能飞渡剑阁②耳！此间貌似日趋繁荣，博士登台，生涯鼎盛，独四马路③则似成鬼窟，荒落犹昔。"

这是方块字的玄妙之处，我们一见了然，把守"剑

---

① "陈第"："阵地"的谐音。隐指作者主编的《文艺阵地》杂志。
② 剑阁：县名，位于四川省北部。县北有以"剑门天下险"闻名于世的剑门关。这里隐喻信稿难以通过日寇的重重封锁。
③ 四马路：即福州路，旧时上海著名的书店街。

阁"的鬼子可一定莫名其妙。但这位老朋友所谓"唯有感伤"，亦是谦语。最近得了"孤岛"上新出的数种刊物，精神抖擞，阵容重整，作者署名，都属陌生，但逆料必然熟面孔。音信虽隔，精神仍通。

但因此使我更苦忆孤岛上的友人。

所谓战时景气

别人家所谓战时景气大概是军事工业的膨胀。在我们这里却不同。

我们的战时景气，可以从下面两件小事上看出来。

到过武汉或长沙的人，他一定要告诉你：旅馆热闹，菜馆热闹。汉口几家上等的菜馆非预先订座就简直休想得"一席地"。中等的呢，中午与傍晚，也是门庭若市。顾客有守候半小时始得食者。然而汉口还是不断有新开的餐馆呢！许多从南京"流亡"而来的餐馆都做了好生意。老板们总算"收了桑榆"，那么顾客是何等样的人呢？亦是"流亡者"。

在长沙，有一家新开的理发店，也是从南京"流亡"来的。你如要想进这店去理发，起码得破费三小时。因为非等这么两三小时挨不到你。

以上是人人见得到的事。

另有一件小事，或者知道的人不多。

据说有些人专门往来于汉口香港之间，贩些贵重的商品，大都是补药和舶来化妆品。补药可得三倍的利，舶来化妆品则五倍。一支口红罢，香港卖一元，到了汉口就成为五元。你想，就是你的口袋里装这样三四十支口红大概也不见得累赘。

前些时，汉口长沙的书商专人来香港办文具。可是香港的文具早已卖缺了。他们搜罗了三四天，才买到三打口琴，已经大呼幸气。

景气，战时景气，在我们这里是这样的！

5月1日

（本篇最初发表于1938年8月8日《星岛日报·星座》）

今 日

"八一三"是个伟大的日子。凡是伟大的日子一定是大多数民众祈求着渴望着的日子,一旦到了,民众决不觉得意外。"八一三"也就是这样一个日子。"八一三"上午十时许,上海闸北第一声枪响的消息由满市飞舞的"号外"传来时,上海市民只有兴奋,当然也处处见着紧张,然而兴奋紧张的内容是:"好了,这一天终于到了!"

经过两个月血战以后,上海算是沦陷了。但这也不是意外。凡是头脑清楚的人都明白:敌我决战之地决不是上海，□□□□□□①，不能把主力军就在上海拼了。两个月的血战已经达到部分地消耗敌人的目的。敌人所得的是什么？半成焦土的闸北南市。

现在又是一年了。敌人占领上海也十个月了，他究竟得了什么？最近几天的报纸就告诉你：上海四郊不断的游击战现在已经逼近市区，伪市署被炸，浦东方面更展开激烈的战争，苏州附近的铁路桥梁受了重大的破坏，京沪车不通了，杭沪路嘉兴附近的桥梁也被炸坏，两路沿线游击战事天天在发展。敌人不能安享他的战果，这就是他花了十多万金钱十万条人命所得的代价！

去年的"八一三"，敌人正做着一举而征服中国的痴梦，那时的国际形势也是于他有利得多；今年的"八一三"他在内在外都是窘态毕露，第二个"八一三"是记录着侵略者崩溃开始的日子。

（本篇最初发表于1938年8月13日《立报·言林》）

---

① 因原发表文件年代久远，这些文字模糊不清，已无法辨识，故用"□"代替。——编者按

谈"逻辑"之类

有人慨叹于"在中国很少真正推理的辩论",据说"这一则是没有这种能力,二则是没有这种耐心,但尤其重要的,乃是由于胆子之小,不敢正视问题的真际"。

这位先生的感慨,倘依他的自白,则是"同一位女友"辩论了而起的;他以为"梦的过程和文艺创作的过程可以相比较",他的"女友"说"不可以",结果因为那女友"没有这种耐心",只说"不用说了,一定是你错",这样地便得了胜利。于是这位先生因小见大，既认为"这种论式，在中国很普遍"，复称之为"女性的逻辑"云云。

究竟"梦的过程和文艺创作的过程可以相比较"之处何在，这位先生未有说明，因此，在这里，我们也只好"没有这种能力……耐心"去推论。但问题焦点不在此。焦点是在这位先生慨叹以后对文化现状下了这样的判词："在十万八千丈以外，捕风捉影地谈谈是可以的，彻底了，就有点怕了，——因此，新文化运动闹了好些年，时时贩进新知识了，但到现在也还是什么'入门'，还是什么薄薄的'讲话'。……大家决不肯把问题分析到鲜血淋漓的地步，却只愿意在表皮层上轻轻触一下，这样是永远不会有真的思想运动的罢。社会运动，更不用说。"

这一段话，可说是到了"鲜血淋漓的地步"！

但是这样的"判词"是不是"正视问题的真际"的结果呢？为要免去"妇人之仁"，我觉得至少有两点应该提起这位先生的注意。

第一，他忘记了事实上并不缺少肉搏问题核心的言论乃至实际运动。虽然在重重禁锢之下这些言论和运动也还是不断地争求它们的生存和传播，到今日我们真在抗战了，就是这努力的结果之一。以"贩进新知识"而言，事实上也并不止于"入门"和薄薄的"讲话"，即在种种"不自由"之下，也还有不少人在做博大精深的研究和介绍，请翻一下十年来的出版目录便可知道，——虽然那些书是"不容易"买到的，但这责任当然另有所归。

第二，这位先生似乎也还没有耐心去研究为什么到现在还得出版什么"入门"和"讲话"。他似乎竟忘记了在没有言论自由和出版自由的过去，要在广大的文化落后的中国，立刻使"新文化运动"提高到"入门"与"讲话"之上，是怎样一件不合"逻辑"的事！《战时文化》创刊号上讨论过"深入"与"普遍"的关系，就有一句扼要的提示：不先求普遍就不能达到深入。这一句话，值得"耐心地"去研究的罢？

我以为可叹的，还在尚有①貌似"正视问题"而其实连问题的本质都没有摸清的人！"女性的逻辑"而外，也还有新出现的"中性的逻辑"，这是否还是"由于胆子之小"，那我可不知道了。

8月29日

（本篇最初发表于1938年8月31日《立报·言林》）

---

① 此处发表时误排为"没有"。作者后在《论"中性逻辑"》一文文末附有更正："《谈"逻辑"之类》一文最后一段第一句'我以为可叹的，还在尚没有……'，此处'没'字误植，合当更正。"

论"中性逻辑"

从所谓"女性的逻辑",我看见了"中性逻辑"。今天"耐心地"读了不少时论,相信"中性逻辑"也"在中国很普遍",尤其是此时此际。

"中性逻辑"的特征是——

不反对游击战争和游击队,甚至自己说明他还是十分敬佩游击战争和游击队的。然而同时又说,住在安全的"后方"的我们,无论是对于游击战争还是游击队的"毁"或"誉"都没有资格。既然说"同样没有资格",

因此就是"中性"地给"毁者"开脱。

也赞颂在被侵占的土地上发传单,但又说,只这"发传单"的行动本身就是最有力的宣传,从而申论凡在"安全的后方"发言论的人们都不免于浪费精神。这又"中性"地要使"后方"变成平静的"无风地带",而且既然只要有发传单这行动就够了,那么,许多在失陷地区进行文化工作的,也未免是多事了。

几乎痛哭流涕似的申斥"不用说了,一定是你错"那样的"逻辑",然而反过来,他自己的,却是"因为有些事实我不欲看见,所以我也不是一定错"的"逻辑"。从这样的"逻辑"而来的自然而然的结论,就是明明二十年来有一股力争前途的思想运动——这事实,但在他就成为"永远不会有"了。谈到"思想"两字,有些人是视同洪水猛兽的,何况还要以"入门"以"讲话"来求普及?因此,在拥护新思想的空言下嘲笑"贩进新智识"者之"到现在也还是什么未入门……",要不是"正视问题的真际"而工于揣摩,也许"不忍"罢?

以上是个人所见的"中性逻辑",倘用上海俗语来翻译，觉得有四个字也还相称，就是——阴阳怪气！

（本篇最初发表于1938年9月3日《立报·言林》）

"闲话"之闲话

从广州一张报的副刊上看见了连登两天的长文《关于〈闲话临大〉》,它是为了一个月前我在本栏发表的那篇《闲话临大》(现称联大)而作的。作者自说是联大中人,文章作于昆明或蒙自。他"愤然不平"地申斥凡对联大不满的话语都是无稽之谈。我不是临大或联大中人,虽然在长沙时目击联大学生反对迁校的文件,也亲聆联大教授中反对迁校者之言论,可是确未去过昆明或蒙自。但是《闲话临大》文中所引述关于联大的话(原见《抗战文艺》),倒也是联大中人所说。孰是孰非,将来总有真相大白之一天。

然而我还有点不明白:作者力辟联大"摩登"之说,并举理由道:"联大学生中,也有人说联大'摩登',这也难怪,因为他们在联大不出色,给别人(尤其是女同学)瞧不起,看别人个个是'幸福的人儿',看不过眼,又无法报复,不禁酷(?)①火中烧,大发牢骚,借重各报纸,各杂志,来出出气,也可以借此一举两得地出出色。"在这段话里,有两个问题不妨研究一下:第一,在联大出色而且被人尤其女同学看得起,到底是怎样一种人或风习?第二,被看不起的人讥对手为"摩登",而作者又是尽力丑诋这些被看不起的人的,然而作者本人大概是在"看得起"之列,因而亦在"摩登"之列,但他又是不承认联大"摩登"的,所以作者的辩论立场颇令人难于索解。

但这些也仍旧当它是"闲话"罢。作者是很痛恨"闲话"的,因为他开头就"愤然不平"地说:"中国人只

---

① 这里的(?)为作者于引用对方引文时所加。

会说'闲话',……因为爱说闲话,已经闹过几多回事?闲话皇帝①,闲话扬州②……还记得罢,结果怎样?这些爱说闲话的人,吃饱饭没事做,放放屁来消遣日子,不知如此一放,便非同小可,甚至妨害邦交,刺激民族感情。"原来作者痛恨"闲话",就因为它曾经"非同小可"地"妨害邦交"!到今天尚有人恨恨于昔年"闲话"之"妨害邦交",我真想问问他是不是中国人了!如果这样的人而在联大被"看得起",因而也是"摩登"之列,那么,联大之究竟如何,真叫人关心了!但我诚恳地希望这位先生也不过是"借重各报纸","一举两得地出出色"而已!

(本篇最初发表于1938年9月13日《立报·言林》)

① 闲话皇帝:1935年5月,上海《新生》周刊第十五期曾发表易水(艾寒松)的《闲话皇帝》一文,因文中涉及日本天皇,日方以"侮辱天皇、妨害邦交"为由提出抗议,为此该刊被查封,主编杜重远被国民党政府判处徒刑。
② 闲话扬州:1934年3月,上海中华书局曾出版易君左著《闲话扬州》一书,书中的一些描写为当时一部分扬州籍人所不满,乃以诽谤罪控告作者,后该书即毁版停售。

从数字说起

二十年前,苏联的人民正在和白军和干涉军作殊死的斗争,我们只要看一看《铁流》《毁灭》这几部小说,也就明白了。

"二十"并不是大数目,在一个民族的历史上,它实在是常被史家忽略的数目。然而现在我们却看见这不满一个世纪四分之一的年月,在地球六分之一的土地上,成就了怎样的奇迹了!

也还是从数字说起。

首先是人口,"一切资本中最可贵的,是人口"(斯大林)。苏联人口的增长率,是年年在向上,1937年比1936年增长80%;死亡率是年年在降低,1937年和1913年比,降低至40%之多。现在,它拥有差不多3万万的在埋头建设的人民。

人多而食不足,还是不行的;过去,苏联有过不足,可是这已成过去了。由于集体农场的发展,农业机械化的猛速,去年苏联的收成是700万万蒲得,开旧俄有史以来之纪录;今年的收成更好,估计超出去年的数目。在4137个国家农场和24万个以上的集体农场中,使用着14万架混合机①和445000架曳引机,这在欧洲大陆上是空前的纪录。苏联的工厂中,曳引机的生产量已居世界第一,混合机的生产量亦居世界第二,仅居美国之下。轻工业方面(衣着和日用品),在第三个五年计划中,其发展是应该以月计的。这里是最近的数字:1938年1月至3月之生产超过1937年同期的5.6%,4月至6月之生产超过1937年同期的9%,7月

---

① 混合机:即联合收割机。下文的"曳引机",即拖拉机。

至9月之生产预计将超过1937年同期的15.6%。这本年的第三季,羊毛、棉布、丝织之生产尤其多;仅棉布,计92万万6000万码。而新设的工厂属于轻工业者,本年内有110个;这些工厂的所在地大都为过去工业落后的地方,如中亚细亚、高加索、西伯利亚。

在文化事业和教育方面,苏联每年花了很多的钱。这里单说国民教育的预算经费,本年是630万万卢布(比去年增加了110万万),因此初等学校的数目增加到17万所以上。

以上的数字,太简单了,但这已足使我们明白:短短的20年的时间,在地球的六分之一的土地上,怎样的奇迹已经实现了。

足食,足衣,有教育,这样的国度,地球上也还有吧。但是没有剥削,不为侵略别人而被迫武装送死,这在地球上还有第二国吗?

(本篇最初发表于1938年11月3日《立报·言林》)

少数民族

中欧那些"新兴国"里的少数民族,成为卐字侵略的工具。从凡尔塞和约产生的七拼八凑的捷克斯洛伐克共和国,新从手术台上抬下来,侵略者固然踌躇满志,□□□□□□□□□□□□□□□□□□□□□□□□□[①];最可怜,被宰割者,一方投入侵略者的怀抱,一方尚在做重建新国的梦呓。

---

① 因原发表文件年代久远,这些文字模糊不清,已无法辨识,故用"□"代替。——编者按

苏台德区的日耳曼人此刻在"迷药"的有效期间，大概很高兴。但其实，他们从前在捷克族的统治下固然受委屈，将来在祖国的怀抱里也无非勒紧裤带，让人瘦大炮肥而已。他们中间也有清醒者，不愿归返他们"可爱的"祖国。但希特勒还是要他们回去，——不过是到"集中营"去。

捷克而外，欧战后"新兴国"内的少数民族成问题的，还多得很呢，这当然是侵略者们预定的行动秩序单上早已排好了的。有一些可怜的梦呓家似乎在这样想：倘依民族分布的区域从新划定了国界，则就天下太平了，他们似乎不知道羊群里有了狼就始终不能"太平"。问题是在国家之中有以侵略为国策的国家！

少数民族问题有两方面。苏台德区的少数民族有一个从顶到踵挂满了铁片的娘家，所以其演出，也就成为我们所见的那么一个方式，另一面就是欧战以前自己是强国内少数民族的捷克族。而现在汹汹然向人索"债"的波兰，在欧战前也是这么一个少数民族。二十五年前波希米亚人和波兰人所受的待遇，比之四个月前苏台德区日耳曼人又如何？那时的波希米亚人和波兰人没有希特勒那样的"娘家"撑腰，然而他们比现在的苏台德区日耳曼人还英勇些，因为他们是被压迫，被奴役，被用各种方法消灭的，——美其名曰"同化"。

现在国家中包括少数民族最多的是苏联，可是最没有少数民族问题的，也是它。建国二十年来，苏联国内的一百多个少数民族都发展起自己来了。不说别的，单说现在被迫害的无处可走的犹太人，在广大的苏联领土内就有个自治区用Yiddish①教他们的子弟，出版刊物。千年来流浪的吉卜西族现在也在苏联领土内定居下来了，发展他们自己，毫不觉得受委曲。这是因为苏联的民族政策是真正的平等自由之故。

11月3日

（本篇最初发表于1938年11月5日《立报·言林》）

---

① Yiddish：指意第绪语，它是中东欧犹太人及其在各国的后裔说的一种从高地德语派生的语言。——编者按

从图表说起

有一张关于苏联工业生产的简单的图表:一条黑线斜出直上,最低一端是"一九二九",100%,最高一端是"一九三七",430%。

又有一张图表是说明劳动者生产力的,1934年是10%,1935年是15%,1936年是21%。

这两张图表,前者说明两个五年计划得到了怎样大的成功;后者说明三年的"斯泰哈诺夫运动"得到了怎样大的成功。说来似乎并不稀奇,几年计划,现在仿行者亦已甚多，而鼓励劳动者增加生产的"运动"之类，更是人们早就多方设计的了，——我们不是早听得所谓"合理化"吗？然而那么显著的成功尚未多见，这里就有一点须加注意：苏联是一个社会制度不同的国家，是社会主义的国家。

将"斯泰哈诺夫运动"的性质看一下，就可以明白。事情是这样开头的：1935年8月31日，一个矿工斯泰哈诺夫在6小时工作时间中掘出了102吨煤，超过平常15倍。接着，该矿小组的党书记在同样条件之下生产了115吨。他们俩也并不是超人，他们不过在新式器械、熟练技巧以外再加上工作的热忱，时间不浪费，动作不浪费罢了。可注意的是，这两人的榜样立刻成为遍及全国的运动。最后，还从工业界扩张到农业、渔业，乃至文化界。

苏联现在还行等差的工值，——以工作的优劣定标准生活费以上的工值的差额。劳动者的额外多产，能受到奖励。但在别的国家内，虽有奖励制，却不能有"斯泰哈诺夫运动"。而在苏联则有，则主因不在奖励而在工作者知道他们为自己工作，国家的利益和他们的利益完全一致。已故的法国大文豪巴比塞指出这根因道："一切都为了工人，一切都出自工人，这就是群众的代数学的方程式，——就是生活之热忱。……每人都在殚尽心力思索如何使动作加紧，如何得一简捷的法门。每人努力找寻更好的方法。人们经常在求发明。"是这样的全生命贯注着，为了自己，为了伟大的理想的成功！

再引用纺织的"斯泰哈诺夫运动者"Dusya（女性）对访问者说的话："要是在老时代我发明了这样合理化的工作方法，我一定要被工友们咒骂到死了，因为他们之中的大部分将因此而失业了。但现在我们则不同。我们多生产了布，我们所得也愈多。"

苏联的人民大众愈努力生产，则生活愈好，这已有事实证明。我们以此为苏联共和国诞生纪念日的祝贺。

（本篇最初发表于 1938 年 11 月 7 日《立报·言林》）

青年的模范——巴夫洛夫

巴夫洛夫①是苏联的伟大的科学家,故世已经3年了。他的科学上的业绩,不但是苏联的荣耀,而且是全世界全人类的荣耀。

他是世界驰名的生理学家,故世那一年,他已经86岁了,然而对于他所终生致力的生理学还在研究,述有新的贡献给全人类。他的一生,完全献给了生理学;

---

① 巴夫洛夫(И. П. Павлов,1849—1936):通译巴甫洛夫,俄国生理学家。

他发展了这门科学,并且以新的方法丰富了这门科学,对这门科学增加了无数发见,提出了许多新的问题。

他不但使生理学的面目一新,并且他研究的结果、新学理还影响了生物学、心理学,以及别的科学。他是把新血液注射到现代科学的一位科学家。

他专心研究心脏的动作、血运、消化和脑的动作,凡有60余年之久。他一生的最后34年,全花在对脑的研究上了。经过25年对脑的研究,他在1927年发表了《大脑功能的论文》,这是现代科学界的宝贵的文献。

当已经病重了的时候,他还是不肯休息;他把自己的病象拿来研究,他记下了他的观察,大声地讨论。直到弥留之顷,他这才自承"不中用"了,他说:"我的脑子有点不对了,我的思想恍惚起来了,动作也不能自主了。大限至矣!"可是他仍然请了一位神经科的专家来,要跟他分析他的病象。他是把自己的死作为最后的实验来看的。

78岁那年,巴夫洛夫曾大病一次。他不得不手术。

高年，又做了手术，就影响了他的心脏。巴夫洛夫的心脏本来是很强的，此后就渐见衰弱了。然而他却不肯放过这个研究的机会。他依靠一个有经验的副手的帮助，很仔细地考察了他自己的心脏，发表了一文，题为《手术后的心脏的神经作用——病人自己的分析》。

除了他的科学，巴夫洛夫一无所好。苏联政府曾经请他自己指定一处作为他避暑的地方，可是他坚决地拒绝道："谢谢政府的厚意。可是我已经有了我自己的列维爱拉（欧洲有名的风景区），我什么都不要。"巴夫洛夫所谓的他的"列维爱拉"就是科尔吉西村，他的实验室的所在地。

巴夫洛夫在全世界的科学家中，有很高的权威，当他赴美国出席世界生理学家大会的时候，大会的科学家们欢迎他，鼓掌至20分钟之久，大会的主席也是一位世界著名的科学家，坐在这位苏联客人的下首，申述钦佩之忱。可是后来巴夫洛夫回国，他的助手问他在美国的情形时，他只答道："很好。在科学界中，我的朋友是多的。"

巴夫洛夫曾出席在马德里、巴黎、伦敦、葛罗尼根、倍尔纳、海尔辛福斯、波士顿等处的世界科学家大会，可以说他走遍了欧美两洲的京城，然而他实在跟没有到过那些地方一样，因为他所见所关心的，只是在那些地方开会的生理学家大会而已。

当他在巴黎时，有一位白俄报馆的访员，请他给一个访问的机会，谈谈关于苏联的情形，他断然地拒绝了，说他不愿在卑鄙的报纸上谈他的伟大的祖国。当时和他在一起的人中间，有人说了科学无祖国的话，巴夫洛夫毅然回答道："科学是没有祖国的，但是一个科学家必须有祖国！"

巴夫洛夫本来自以为能够活到100岁，然而不幸，他只活了86岁又5个月。他的业绩将永久是人类文化史上的珍宝，他的事业已有很多的有才能的后继者在继续下去。

我们景仰他，不仅因为他是一个伟大的科学家，还因为他是忠实于人类幸福的事业、死而后已的伟大的人物！他的终生如一的治学精神，他的除了学问没有所好的高贵的品格，都是我们青年的模范！不一定人人都学巴夫洛夫做生理学家，然而人人应该学他的专心于学问，应该学他的在病床上还不忘记研究，甚至把自己的死看作最后一次实验的这种精神。

有一句名言："天才就是积久的刻苦。"自来伟大的学者没有一个不是好学深思以至废寝忘餐的。有了巴夫洛夫那样忠于学问的精神，什么事都不怕做不成。苏联之所以能从艰难困苦中创造出新社会来，就因为在各种事业上在各方面都有巴夫洛夫那样高贵伟大的人格和精神！

（本篇最初发表于1939年5月17日《新疆日报》副刊《新疆青年》第八期）

听　说

听说最近一个月内,成都的戏剧界十分热闹,排演的剧本有十个之多,除了别处也演过的抗战剧,也有新编的历史剧(大概是《隋炀帝》罢,待考)。五千年历史的中华民族,汉官威仪,晋代衣冠。多少兴亡隆替,古事之可供今人"借鉴"者,当然不少。虽说我们民族今天正用热血来创造空前的中华新历史,今天的抗战剧本如果是忠实的现实主义的作品,那它就已经是"历史剧",但是取用历史题材的作品,在今天还是有意义的，——因为有时候确也需要回看一下过去的历史，汲取历史无情的规律，以及历史宝贵的教训。

历史上虽有类似，然而绝没有翻版，历史是绝不会重复的。不明白这个道理的人每每狃于故常，妄想翻版，结果只有自取灭亡。如果说历史的作品对于我们有些人有益处，大概就在这一点上。

我不知道《隋炀帝》这部历史剧是抓住了这位神经变态的皇帝的哪一点来写作，但是想到隋朝短短的历史，我总觉得它是一本讽刺剧。隋文帝受禅之前本为随公，他嫌随字有"走"，生怕万世之业一下"走"掉，故去"走"而称国号为"隋"，却不料他的万世之业毕竟被他的好游玩的儿子轻轻"走"掉了。咬文嚼字，粉饰太平，自己制造了定心丸吞下便以为高枕无忧，这是历史上悲剧主角不变的老套，不能不说杨广颇有才智，但行乐江都，尚梦然于人心之向背，到了揽镜自叹"好头颅"的时候，虽觉倜傥脱俗，也未免太可笑了。嘉谥曰"炀"难道还不够给后世之眼前雪亮，四周漆黑的大人们作当头棒喝吗？

凡被"炀"的人，结果不免是死硬派。而对于现实主义，一定也仇视。历史上的败家子先后同型，不过因时因地而异其作风罢了。但纸包不住火，真理还是要大白于天下。现实主义创作方法之所以不可胜，自有其必然，非可以口舌争，亦非可以威势劫夺了。

2月12日

（本篇最初发表于1941年2月17日《新蜀报·七天文艺》）

事实最雄辩

在马尼剌①,某副领事被人指为"纳粹的第五纵队";在新加坡,某总领事被公开称为"亲德"。这是不易使人相信的怪事。纳粹是什么东西,岂有身为中国人而甘心为之服务之理!

然而,"奇事年年有,不及今年多",在十足以中国人自命的某报上,竟看到下列理论:

---

① 马尼剌应是马尼拉。——编者按

> 我们只要考察一下德法两国胜负的由来，便会完全明白。……因为事实最雄辩，德国没有共产党，而法国则有共产党，结果现在有共产党的法国是屈服了，没有共产党的德国则至少也已战胜了法国。

粗看起来，很平凡，不过"反共"而已。士各有志，"反共"何尝不好。然而细细一看，就不能不佩服他的巧妙："胜负的由来"，以有没有共产党为断。试问：世界上没有共产党的强国除了德、意、日三国还有谁？岂非胜负之数，早已判明了吗？

"至少"也者，当然不仅战胜法国而已也。

中国人？第五纵队？事实最雄辩。

（本篇最初发表于1941年5月2日《华商报·灯塔》，署名"明"）

科学与民主

大家都知道"五四"当时的两面大旗是"赛先生"和"德先生"——科学和民主。这是中国人希望能过人的生活的最根本的要求,也是最起码的要求,也是中国能立国于世界所不可缺的最根本的与最起码的要求。

过了二十多年,这最根本的最起码的要求,也还没有达到。科学与民主之切要,在此抗战时期,最能明白看出,而且科学与民主之欠缺,也在此一时期最能明白看出。"五四"□□□[1]在今天还是适用,而且要

---

[1] 因原发表文件年代久远,这些文字模糊不清,已无法辨识,故用"□"代替。——编者按

求我们用更大的努力争求它的实现。

科学与民主是不能分开的。没有民主,则科学非但不能造福于最大多数的人群,而且会成为最少数特权者自利的工具,这一点,世界的现代历史上已经充满了例证。中国虽然谈不上科学发达,可是用所谓"科学方法"来聚敛掊克,发国难财,假公济私,压迫异己,腐蚀人心,颠倒是非,——种种恶毒的做法,举不胜举;这是头脑中连"科学"二字都没有的旧军阀、旧官僚们所望尘莫及的!

十多年来有些人也说"要科学",但他们只要科学,不要民主,结果直到如今,中国还是科学落后的国家,——但用"科学方法"来作恶自利的本领也许比任何国家的特权者大,而且多式多样。

这样的可耻的经验,应该由此结束了。我们现在要告诉每一个有良心的中国人,我们要继续发扬"五四"的精神,我们要科学,同时要民主,科学与民主不能分家!

(本篇最初发表于1941年5月4日《华商报·灯塔》)

诺言与头颅

"诺言"的价值,要看发出"诺言"时人有无信用。希特勒曾说过不知多少次"以后再没有领土要求"的话,然而他的"天然欲望"却永无止境。这也是"诺言",但希特勒的"诺言"只能在相反的一面才是正确的。其实咱们也不必学希特勒,"反求诸己",在"本位文化"中,就有不少例子,每一个篡位的巨奸,总说"德薄不敢膺大宝",袁世凯也不例外。有人说曹操确是"奸而雄",其后学曹操的大都"奸而不雄"。从曹操的"吾其为周文王乎"一句话之后，毕竟等到他儿子曹丕手里才篡位，可见他的"诺言"倒还有一些价值，这一点或许就是曹操的之所以成为"奸而雄"之处。

据日本出版物上讲，松岗洋右①曾和斯大林赌头颅。但斯大林回答他："我的头颅对苏联的关系很大，你的头颅对日本也有关系，我们还是各自爱惜其头颅吧！"这一段故事，未必真实，但也可以看出斯大林和松岗洋右的不同之处。一个政治家，是不能像流氓一样随便赌头颅的。

以头颅为保证的"诺言"是不足以引起人们的信任的，因为他发出"诺言"的时候，根本就没有想到要不要"守信"。所以"三年以后，不……就杀我的头"，而过了十三年之后，头还照样长在他的肩膀之上。

赌过头颅的"诺言"还不可靠，何况不赌头颅的"诺言"！

要"诺言"实现，只有一个办法，就是有力量约束

---

① 松岗洋右（1880—1946）：当时的日本外相。曾积极推行侵华政策。日本投降后被列为甲级战犯，审讯期间病死。

他，使他不能不守信。与其信赖一个早已没有信用的人的"诺言"，不如信赖自己的力量。如果不兑现，真有人向他索头颅，那时"诺言"才会生效。

（本篇最初发表于1941年5月11日《华商报·灯塔》，署名"明"）

中庸之道

人们都以为孔子讲中庸之道,然而似亦不尽然。"投畀四夷"那样的主张,又何尝中庸?大抵孔老先生是在不尴不尬的当儿,才来讲中庸。这正和孔门之"礼"一样,"礼"与"刑"对称,似乎有其一定的范畴,不过"礼"又何尝不因时因地因人而异其趣。

孔门的一些"哲学",虽然大部分已经僵化而为"高头讲章",独有此"中庸之道"的活用之诀,却尚有真传,而且久而弥光。最显明的一例,即人们每遇有不洽于己的言论而又无以难之的时候，便往往摆出中庸的面孔来，说这是"偏狭"，那是"意气"。好像他本人真是执中持平，而且半口气也没有的。但以"偏狭""意气"的字面而言，亦只能用于论事说理之际，未闻有记述事实而可以"偏狭"或"意气"者。有人发国难财是事实，老百姓食不得饱也是事实，如果纪实即为偏狭与意气，那么，大概说谎才是堪以嘉许的罢？如果说谎可使民安政举，造谣可以救国，那我倒也愿意来学一学，但不知中庸之徒能公开曰"然"否？

国事到此，的确不应再有偏狭和意气，不过使人不服者，偏狭的作风和意气的做法偏偏出于要人家不偏不狭不意不气之人之手口！

（本篇最初发表于1941年5月18日《华商报·灯塔》）

释"谣"

中国人素尊孔学,然而中国人有许多做法,非从"老学"①的观点,便不易解。例如"宣传"本为舶来名词,士大夫之流,素不喜之,然而颂圣谀墓之作,久被推为文学正宗。"造谣"本属"民族形式",故一部"二十四史"大半是后人造前人的谣,胜利者造失败者的谣,但事实尽管如此,到底没有人肯自认造谣。所以中国的事,特别是堂哉皇焉,大吹大擂,权要发纵自上,

---

① "老学":指老子(老聃)的道家学说。

群小呼应于下的事情，须从反面去看，然后能得真相。这便合于"老"所谓从其"无"看，即成为"有"。

不过自从"西学东渐"，人心不同，做法亦有变更了。有时，"宣传"二字已经不讳，这不能不说是一种"进步"。所可惜者，中国人到底是中国人，自有其祖传的一套，因而"宣传"时或近于"造谣"，弄得不中不西，殊失国格。倘依"本位文化"之义，演而绎之，则"造谣重于宣传"，庶几抓着痒处，直捷而又痛快。而且在此国际上盛行所谓"谣言攻势"的今日，似亦颇为时髦。看近来种种现象，大概非如此发展不可了。只是有一可虑：倘使谣言成为照例，以至失却作用，又将何以济其穷？君子曰：那时大概又要讲"事实"了。江南俗语中有四个字正是中国式的"讲事实"的极妙注脚，曰"打过明白"[①]！呜呼！

（本篇最初发表于1941年5月19日《华商报·灯塔》）

---

① "打过明白"：江浙俗语，按字义当作吃过苦或遭挫折后始得明白的意思，但常用作"决一雌雄"之意。

第三辑

偶然看到

"士"与"儒"之混协

古所谓"士",不同于今之所谓知识分子。古之"士",通常倒是指那些荷戈带甲的人们,《诗》所称"公侯干城"与"公侯腹心"的"赳赳武夫",便是他们。

古所谓"儒",亦不尽同于今之所谓知识分子,"儒"者"蠕"也,言其能委婉曲折,应付人事。"儒"之起,大约在春秋之时;但即在彼时,已有贤不肖之分,故有"君子儒"与"小人儒"之名。孔子曾告诫其门徒"毋为小人儒",可知"小人儒"在那时大概已经流行。怎样才算是"君子儒",怎样才算是"小人儒",孔老夫子未有明文指定,但观于战国时孔门各派,互相丑诋,而詈对方为"小人儒"则似无有,可知孔门所谓"君子""小人"之分不在"思想原则"。那么,在什么地方呢?从孔子之素以"超然"自命,进退在我这一点看来,他所指斥的"小人儒"大概是卖身投靠,专一认定了一个主子那样的"儒"。

在"儒"与"士"尚分之时,倘以后世通行语来看,则所谓"士"者即为权门的豪奴,而所谓"儒"者,亦不过是权门的清客而已。

然而世事终究有"进步"。首先是名义上"士"与"儒"不复区分。不过实际职务既未统合,故虽异曲而同工,仍不免于自相抵牾。今尚有"文献"可征者,即清客们亦常嘲笑豪奴。

但"进步"之趋势不止,清客与豪奴终必表里如一而成为一个东西。这样的现象,我们也看到了。例如由编剧起家,以至俨然主持"文运",这是清客的际遇。但观剧未终,怒声喝打,痰桶乱飞,演员负伤,这又是十足的豪奴派头了。几千年来,"儒""士"的历史演变,至此总算完成!

故在今日,凡清客都有豪奴相。正唯其二位而一体,故"文化重于磨擦"("磨擦"即"摩擦")之新原则,乃有"矛盾的统一"之巧矽。亦正唯其质本豪奴而貌为清客,是故宣传终觉迂阔,不如直接造谣。亦正唯其实系豪奴却不得不装成清客,是故三言两语,漏洞百出,断章论事,又往往"记错"。又正唯其乃由清客蜕变而为豪奴,是故"□□□□□"①的烟幕技巧,特别娴熟。呜呼,钳制之下,群声渐息,豪奴与清客之"文运",于是大昌。然而豪奴与清客之"文化"岂但谈不到"服务于抗建",抑且不足以愚民吧?

(本篇最初发表于1941年5月27日《华商报·灯塔》)

---

① 因原发表文件年代久远,这些文字模糊不清,已无法辨识,故用"□"代替。——编者按

再谈"暴露"

所谓"暴露",考其内容,不外乎:一、揭示某种现象的隐微,或某事件之内幕,使人恍然于其真相;二、凡所指陈,皆人人心目所有,而又人人口中所无,实人人所欲言,而又人人所不敢言。是故"暴露"靠对于少数人为不利,而在永远公正之社会大众则视为痛快。

"暴露"之兴,由于社会上、政治上缺点太多。是故"诗人"在幽厉之世,亦不能不"刺"多于"美",而且"采诗之官"亦不得不将这些民间的"暴露文学"

郑重收辑，进于庙堂。

如果周制的确如此，则三千年前的"臣工"固未尝以"何不封章密奏"责难民间诗人。近年来，若干大人先生颇醉心于"复古"，可惜他们似未知尚有如此这般的"古"，否则，大概他们会感到"复古"有"危险"罢？而且他们似乎也该知道，幽厉之世，虽无报纸，然对于街谈巷议，厉王特工人员，似亦无可奈何。今世虽有报纸，然不便于个人之事形之于笔墨者，仅得街谈巷议之什一而已，亦既无如之何，而犹掩耳盗铃，真乃何苦？

上古太远了，且言中世。所谓"封章密奏"自为中世的特色。然元白①身为大臣，而乃于"封章密奏"而外，复作"新乐府"。《长庆集》自释其写作之旨，一则曰"为事而作"，再则曰"讽兴当时之事"，而且"其辞质而径，欲见之者易谕"。换言之，即"词求通俗"——这简直是故意使老百姓都能读能晓。假使当时亦已有报纸，

---

① 元白：唐代诗人元稹、白居易的合称。二人曾同倡"新乐府"运动。下文的《长庆集》《连昌宫词》分别为他们二人所作。

大概元白的"新乐府"也会在报纸上发表。《连昌宫词》之"百官队仗避岐薛,杨氏诸姨车斗风"等句,虽复沈痛,仍寓敦厚,犹是"诗教",但"新乐府"则已同于今所谓"暴露文学"。中世虽为君权盛极之时,大臣如元白,不但未以各种"帽子"乱加诸异己者之头上,而且还提倡暴露文学,不知醉心"复古"诸公,对此又作何种感想?将毋得谓"复"至中世,亦颇危险了罢?

窃谓"古"之一无危险,因亦可得而"复"者,无过于清朝末年。那时被暴露者是如何荒淫无耻,而暴露之者又如何蒙厉艰险,时仅三十多年耳,言犹未即健忘。但说起这段历史,又不能不叫人感到历史和有些人们开的玩笑,实在太无情了!

(本篇最初发表于1941年5月30日《华商报·灯塔》)

《孔夫子》

费穆先生[①]打算把"几千年来的积尘扫除，还他一个本来面目"，并欲"发扬孔子学说的优点"，于是乎有《孔夫子》影片之制作，这自然是值得赞美的企图。然而决不是容易的工作。

孔子的本来面目究属如何？如果从两千年来儒家的著作中去研究，就很难得到一个结论。汉朝儒生与方士合流的结果，把孔子变成了"神"，此种"积尘"

---

① 费穆（1906—1951）：电影导演，曾执导《城市之夜》等。

倒还容易"扫除",但汉以后的孔学中,荀学与董学①亦起重大作用,固不仅今古文派②聚讼纷纭,闹得人头痛。在战国末年,儒家各派即已互争为真传嫡派,恣意丑诋,何况"秦火"以后,博士们抱残守缺,仅能默诵孔门几部"教科书"?孔子固然是"圣之时者",其实后世各朝代的所谓巨儒也都是"圣之时者",他们各按当时帝王之需要,或多或少,增修删改了孔学。

记述孔子言行最可靠的材料是《论语》。但欲从《论语》去研求孔子思想的体系,还是大大的不够。于是求之于"六经",则对于孔子是"述而不作"呢或是"托古改制"这一点基本的认识,今古文派的官司就打了两千多年。所以如果想从"发扬孔子学说的优点"上达到"还他一个本来面目"的目的,在今天几乎是不可能的;因为今天只能大略评定儒家的面目,还不能确定孔学的真面目。

---

① 荀学与董学:指儒学中荀子和董仲舒的学说。
② 今古文派:指研究儒家经典中的今文学派和古文学派。下文的"述而不作"是古文学派的主张,"托古改制"是今文学派的观点。

但孔子在巨大的变革时代所欲拥护者是什么，所死力反对者是什么，却可以知道他拥护传统的思想制度（周制），反对革新。这一点是孔门"心传"，后代儒家所造次颠沛始终不离的，秦统一以后，"秦制"成为当时传统的思想制度，汉兴实因袭秦制，儒家亦就以各种新的理论来拥护秦制（但自然名义上是汉法），我们如果因见有所谓"坑儒"一幕，遂以为儒与秦始终对立，实为不察。其实是只要使他们能行其"道"，儒家在汉代早已为"秦制"的"圣之时者也"了。

所以，如果要"还他一个本来面目"，我想，上述的一点，应该是"本来面目"中最主要的，而且亦说明了何以两千年来孔子被尊为"大成至圣先师"而亿兆小民奉令崇拜。

（本篇最初发表于1941年6月5日《华商报·灯塔》）

谈提倡学术之类

不久以前,看见一篇某地的通讯,列举各物涨价,独文章并未涨价。近来又见报载,有什么十万元的学术奖金,将以嘉惠寒士,共成"右文"①之盛云云。

要是后来的历史家将这两段材料剪来放在一处,想来总不免要"懿欤休哉"一番,至于到底怎样,自然因为文献不足,相应从略。因此,我有时就不大肯相信历史。

---

① 右文:重视、崇尚学术文化的意思。

抗战以来，论字数卖文的知识分子，有时被人恭维，说他们是文化战线上的战士，有时又被清客豪奴们恶骂，诬之为"第五纵队"。被恭维的时候是猜想他们或可被收蓄而豢养，被恶骂则因他们的穷骨头还是太硬。但还是双管齐下，一方面是"米贵文章贱"，另一方面则皇皇"右文"之典，学术奖金十万元云。

其实照此米珠薪桂不复是夸张的形容词的时候，谁要是遵照了奖金条例去著作，结果恐怕也还是要饿得半死。

卖文的知识分子，生活向来简单，不像某要人仓皇离沪时对人"诉苦"说："我只有三百万，只够吃粥。"卖文者今日之所苦，除了百物涨价而文章不涨价，更还有一层，即文章难写。文章题材，无非是"现实"生活。但要写"现实"，则大后方就不准，甚至在海外也会飞来一顶帽子，几被开除国籍。"现实"既犯忌讳，那只好谈历史。然而奸臣贼子，何代无之，所以一谈历史又有毛病，据批令是托之古事，以讥当世，相应不准。我就看见有几篇卖非讽世的历史题材的东西，被封进了黑箱。结果，剩下来还有一个题材，就是"梦"。这倒既非现实，亦非历史，不会出乱子，但据说张恨水先生亦"早已不干卖文生活"，那么"梦"也许又犯了忌了①。在有些人看来，做梦是不甚安分的勾当也！

原料断绝，卖文者只剩饿死一条路了。但自然还有些原料是准许应用的，即"英勇呀英勇"，"第一，第一，三个第一"，如是云云。可惜这样的东西，观众非拉不可。出版家鉴于出路困难，不敢要，更不用说涨价了。

因此归根结底一句话：与其什么奖金，还不如开放文网！但如果奖金另有其作用，则此一提议，理合声明取消。

（本篇最初发表于1941年6月9日《华商报·灯塔》）

---

① 这里隐指张恨水所作小说《八十一梦》。

偶然看到

偶然看到有这样的议论:"孔子之拥护周制",是"希望有一个中心的国家组织",而这,"正是农业社会生长中一般的要求。不读进化论乎?除了特种政治家,有人提议营分裂生殖,复返原始部落时代者乎?"

这里最"妙"的,是忽然拉扯到"进化论"。不知读过进化论者,读此"妙论",作何感想?

如果从中国社会的进化过程来看,大一统的中央集权的封建帝国之出现(秦制),自然比那还不免带着

"部落"残遗的封建制度（周制），是往前进了一步。春秋战国时期社会经济发展之结果，使得"原始部落"残遗的"封土"制①的硬壳，不得不破弃。在那时候，凡想拥护且保持这硬壳者，他便是在历史的前进轨道上开倒车。秦固无道，然论历史上的功罪，他不能不说是执行了历史任务的。孔子虽"至圣"，然在他企图使历史倒退这一点上，又何必昧着良心替他辩护？

以上是客观论史。倘以今视昔，则至清被推翻为止，凡想保持秦以来的大一统的中央集权的封建帝国之政治者，莫不是在历史上开倒车的行动。

而且把"孔子之拥护周制"，视为孔子之"希望有一个中心的国家组织"，要不是根本不懂孔子之"周制"是什么，便是他的所谓"中心的国家组织"与"超党派的报纸"之所谓，全然不同。为什么？因为"周制"的共主与诸侯之间的权限，根本与今之"中心"论者心目中的主张，毫无等同。

由此观之，此种"妙论"倒真真是"特种政治家"

---

① "封土"制：周朝天子向诸侯、大夫分封可以世袭的领地的制度。

的"进化论"。岂特"未之思也",简直有点头脑发昏。如果这样的"唐突夫子",无非想把反对"一个中心的国家组织"之罪,硬套到人家头上,以便罗织,而遂私愿。那么,其用心虽"苦",其为术实太拙劣,恐怕也是"未之思也"之故?

（本篇最初发表于1941年6月13日《华商报·灯塔》）

再谈孔子及其他

写了《偶然看到》以后,立即有人偷偷摸摸放冷箭,骂我是"师爷文学家",这是除以"第五纵队"的帽子来压人而外,再用一顶"国货"的帽子来加重分量。既然专用"帽子战术",还有什么话可说?

然而接着又读到了《孔夫子与进化论》了。在这篇文章里,"中心的国家组织"一问题,已被轻轻放落,而转到了"对于孔子的认识与批判","大别可分为三种趋向"了。于论及第二种时论者说:"一般人把战国以后儒家的思想和他们心目中的政治形态，当作孔子以前或其当时的思想与社会形态，这是一个错误，因此，说中国将近两千年的社会沉滞是孔子的'教义''开倒车'的结果，更是没有读过人类社会史的人们的幻想的游戏。"这里，"因此"上所"批判"的，不知与我所写《孔夫子》及《偶然看到》中的议论，有何不同？可知真理有时也不能不使人低头。然而在"因此"以下，却又昧着良心歪曲了人家的原论，把"孔子"与"儒家"轻轻掉包了。

论者的此种小手段，我们暂置不问，我首先得指出：在拙文二篇中，我只指出孔子在当时的"巨大的变革时代"，不顾社会经济发展之趋势，而拼命拥护"周制"，是"企图使历史倒退"。我并不曾说"中国将近两千年的社会沉滞是孔子的'教义''开倒车'的结果"！论者无中生有，胡乱拉扯，难道也是"有点头脑发昏"吗？我更要指出一点：论者既承认了春秋时代的中国社会经济是走的向上发展的路，论者又不能指出孔子所拥护的"周制"乃不是反对而是顺应这趋向的，可是论者尚"一口咬定"了我在《偶然看到》中论及孔子"在那时候……企图使历史倒退"云云,是我的"以便罗织","而遂私愿",——这样的"论证"方法,不知是否也因为"有点头脑发昏"?

论者强调了鸦片战争对于近代中国社会经济变革之影响,这倒是对的。然而论者不能积极指出何以"从东周到鸦片战争,中国的生产方法没有发生变革",并且论者如此笼统说,是否要把"……没有发生变革"归原于前此之未有鸦片战争?记住了生产方法之变革是社会经济政制等变革之前提,这原是好的。但倘记得太机械太死,而无视了封建农奴制及拥护此制的思想体系也能反过来阻碍社会诸生产力之发展,那自然会犯了知有二五而不知有十的笑话。尤其"妙"的,论者指摘我的"倘以今视昔,则至清被推翻为止,凡想保持秦以来的大一统的中央集权的封建帝国之政治者,莫不是在历史上开倒车的行动"这一段话,认为"鸦片战争之划时代的意义被无视着",而且想"证明中国人的祖宗开了两千年的倒车"。在这里,我得向论者抱歉,我近来因为听了"家丑不可外扬"的"忠告"乃至恐吓,故于太对国家体面有关的地方不得不把词意稍为含蓄,但既有"以今视昔"四字,私意谓不至引起误解,不料仍然惹起论者的责难,那我只好再反问一句:三十年来,不是有想做秦始皇第二的袁世凯吗?"今天"我们有没有还想发扬"秦始大业"的人呢?例证不在远,《民意》第一六八期就有一篇那样臭味的文章①。

此外,论者尚提到"民族形式"与什么"五四的遗留",都不乏可以商讨之处,但《灯塔》不容长文,容当找机会于他处再来请教。

6 月 18 日

(本篇最初发表于 1941 年 6 月 20 日《华商报·灯塔》)

---

① 指《秦始皇何曾坑儒》,作者署名王觉源。

谈自杀者盛妆新衣之心理

看见报章的社会琐闻中，常有跳海、跳楼，或服毒的自杀。而女子自杀者，且盛妆新衣，想见其死志甚坚，从容不迫。

在我的故乡，自杀的女手倘非一时想不开而寻短见者，亦往往沐浴盛装，穿上了她所有的最好衣服。这种心理，有新旧两种说法。前者从"人之常情"出发，谓好生恶死，人之本性，故虽决心轻生，尚不能忘情于此花花世界，所以盛妆艳服，临死亦尚欲一尝人生之乐。

后者则从习俗之迷信出发，谓身体不洁，衣履不整齐，死且不得入冥国，将永为游魂野鬼，漂泊无所依归，故若自杀者有从容布置之余裕，必先沐浴而盛服。

这两说似乎是相反的，然而中间有共通之处。由前说，则自杀者虽取了自绝生命之手段，但生活欲依然极强，"生之执着"真所谓至死不渝了。由后说，则自杀者虽对于现世已绝望，而对于来世则方有甚大之希望，原来"死"为"生"之另一形式，虽为庄生之哲学，非妇人所知，而于"生"之一世界以外，复有"死"之一世界，故"生""死"虽殊，而"存在"则同，此实为中国原始信仰。"人鬼"之说，由来甚古，况中世纪以后，又盛行冥世与轮回之佛教思想，所以推根究源，也还是对于"生之执着"。

此种强韧的对于"生之执着"，说明了中国人民何以能忍受别的民族所不能忍受的压迫与痛苦，如果把这"精神"往积极的抵抗的方面引导，中国民族早已翻身了，可惜数千年来的所谓"正统思想"只把这种"精神"导向消极与退婴，所以妇女辈沐浴盛装而自杀的惨剧，至今未绝，而民族的抗战时代，竟还有人看不见人民的力量。但从他们也畏惧人民力量这点看来，则此种强韧的"生之执着"到底也向着必然之路发展了，问题是还必须继续推动加强。

（本篇最初发表于1941年6月22日《华商报·灯塔》）

由"侦谎机"而建一议

据说美国人发明一种机器,可以侦察造谣说谎,"因为当一个人说谎的时候,身体中有一种紧张的感觉,侦谎机能利用电流,把它检查出来,在纸上形成一种波动的记录。由专家调查,可以从这记录中立刻发觉被检的人是否说谎"(上海出版《大陆》杂志第二卷第二期)。

现在此种侦谎机,用以对付营私舞弊、监守自盗等罪犯,据说侦察统计有90%是正确的,而且从没冤枉过一个好人。

我也相信此种机器可靠,"不会冤枉一个好人",因为该机器一不要讨小老婆,二不要造洋房,三无须孝敬上司,四恐怕人家也不要它入党,而它也没有结党的需要,——那自然不会"冤枉一个好人"了。但尚有美中不足,即该机器大公无私的记录,仍须由"专家调查",以作定谳,如果碰到该"专家"有宫室犬马子女玉帛之好,那就难以保证其必无冤枉了。

其次,又觉得该机器大概只能对付一些可怜的"窃钩者"。至于神通广大的囤积者,发国难财者,贪污搭克者,则该机器一定无能为力。何以故?因为它只能侦察说谎,而囤积、贪污、发国难财之辈,则固公然不避耳目而为之矣,既未尝"谎",自无从"侦"。

又次,此种机器对于以造谣为职业,以说谎为办公的人们,恐亦无可奈何。为什么?因为该机器是要借电流查人身中的紧张的感觉,而后有记录,但职业的造谣家以及说谎的办公家,则当其造谣说谎之时,身中未必有紧张的感觉。这只要看他们的谣言谎话被事实粉碎了以后还在再造三造而不已,便可猜想到他们怕羞耻之感都没有,遑论什么紧张不紧张?

由此我倒想到另外一件事。人家发明了侦谎机,我们的刚纪念过大禹工程节的工程师们,似乎应该发明一造谣说谎机,那倒既不要给薪水,又不会常常"记错",而且,尤其不会闹出动辄"落水"的丢人的笑话,那不是既经济而又稳当吗?——刚写到这里,来一友人见了,就大呼不妥。他说,那要打破若干饭碗的,大非民生主义,而且,我这建议一出,就该再挨骂一万句"师爷"。不过,为抗战时经济着想,我还是提出这一建议,挨骂与否,相应置之不理了。

(本篇最初发表于1941年6月24日《华商报·灯塔》)

事实是最无情的!

报载最近广西临参会开会,主席李议长致开会词,其中有沉痛的几句话道:"政府的施政,本来用心是相当好的,无奈往往颁布法令,一到下面就变了质。例如各种禁政、征役,以及稽查统制等事,施行结果,无不弊端百出,甚至有不肖之徒,利用这些名目,去干那勒索垄断的勾当。"

这寥寥数语,就是一部"新官场现形记"的提纲!如果"鹦鹉""豪奴"之流,还想替他们的主子掩饰,则民间"有口皆碑",不难供给百万字的"史料"。

即以"征役"之一的"兵役法"而论,政府因是军力来源,自属万分重视,看条文,亦未尝不法理人情兼顾,然而一到下级去执行,完全不是那么一回事了。姑且不论事先并无充分的政治动员,最痛心者,则为执行此法的基层干部保甲长,往往借此为生财大道,以致里巷骚然,不可终日,国家需壮丁孔急,而保甲长之类则在从容讨价还价,结果交易既成,送上去的壮丁,因体格不合而退回者,时有所闻。然而保甲长之类固多赫然身为党员,"为民前锋"。事实如此,国民党的信誉安得不在民间成了斗大的问号?

又如"三青团"征募团员,实行拉夫办法,牛溲马勃,一概网罗,谨愿者视为一种"新的差役",则以财帛求免,狡黠者方以此一枚徽章为武断乡曲鱼肉良民之护身符。如此事实,安得不使洁身自好者,视入党如畏途?

这些只是事实的千万分之一,此种作风不改变,此种官党机构倘不彻底肃清,则虽日日以"第五纵队"毒咒反对者,而于国民党本身丝毫无补!正犹"鹦鹉""豪奴"虽豢养百千,于国民党三民主义的宣传亦丝毫无补!事实是无情的,可惜有些人的词典中竟没有这一句话!

(本篇最初发表于1941年6月27日《华商报·灯塔》)

青年的痛苦

现在最痛苦的,莫过于大后方的青年了!失业失学者,且置不论,即幸有一业一读书之地者,食不得饱,书亦读不到什么,犹为小事,而动辄遭遇非法暴力之摧残,生命发生问题。

原因很简单:同学同事中之任"特务"者,要表现"工作成绩",便不得不以别人的灾祸作为他们自己的幸福。如果你知趣识相,逆来顺受,则金钱万能,尚可为消灾弭祸的媒介,然而你家无铜山,一旦应付不出,则就糟了。又或赋性戆直，热血未冷，看见太荒淫无耻、卑鄙恶劣的行为，要议论这么一两句，那更其是罪有应得，名列"黑册"，身入"防空洞"，直早晚间事。

"特务工作"深入学校，本是早在抗战以前，但在抗战以来，则变本加厉。推原其目的，当为防范所谓"异党分子"，加强国民党在青年中的领导。但其结果，意志坚强、思想纯洁的青年，被作为"异党"而排除了，意志薄弱、品性恶劣之辈则或积"功"而成为贪污之后备军，或因堕落腐化、狡谲善噬，而成为模范之"忠实分子"。于是在青年眼中，所谓领导青年不过如此，在国人眼中，所谓防范异己，又竟是那么一回事！

然而"爱护青年"之声，还是洋洋盈耳，"青年为国家根本"之论调亦复时见报章，言论与事实之刺谬一至于此，真不知是人间何世了！至于"思想自由"之列为禁章，"青年权利"之视为邪说，简直不能不算作"进步"而"文明"的措施。有些家长以为自家子弟忠厚温良，出不了岔子，殊不知忠厚温良，即为祸阶，倒是狡诈恶劣，斯为福本！然而青年群中，毕竟是忠厚温良者居最大多数,于是乎青年苦了!

(本篇最初发表于1941年6月30日《华商报·灯塔》)

记性之益

十几岁的青年在报上读了汪记朝宫①的新闻，便去问他的大哥哥道："从来口口声声自命忠实信徒的汪兆铭和这汪兆铭是不是一个人？"他日，这个青年又看到了某要员口口声声自称忠实信徒大骂"奸党"的演词，又去问他的大哥哥道："此某氏与十五年前大骂国民党为赤党的某氏，是否同为一人？"

---

① 汪记朝宫：指1941年6月间汪精卫赴日，18日"觐见"日本天皇一事。

这位小弟弟问题太多，原因尚在他阅世不多。其实今之世相，即使不用深一层的分析，只要略有记性，便足使魑魅魍魉，无所遁形，尤其是在今日自命为"口衔天宪"的"鹦鹉"，如果他们自己还有记性，则在大言不惭的时候，总该想起自己从前是怎样的嘴脸。有一个民间故事曾把此辈丑态典型地形象化：甲、乙、丙三小偷既入人室，为主人所觉，群起操杖逐之，甲、乙已入网，丙进退两不可，则杂于捕者群中亦大呼"捉贼"。此种小偷的伎俩在混乱之时，似可一售，而且在"两面都可沾着点儿"的时机，更自命为得计，但当清算时期来了时还是要现原形的。到那时，他自己图利于善忘，但可惜人们的记性仍然不坏！

从这一点，也可以明白为什么有人哀告"勿炒冷饭"。

苏德开战以后，"赞美"从前苏联所主张的集体安全，又从而"可惜"苏联以后忽又抛弃了这主张，以至今日遭受暴德的侵略，——这样的议论，忽然又多了起来。似乎他们从前当真是赞成过"集体安全"似的。

这是利于善忘的又一例。在这一例上，人们也只要有记性，就能观人于微了。

听其言而观其行，这本是评判人事的起码尺度，可是在此时此地，对于有些人，甚至不必那么费事，只要有记性，翻一翻他的老账，也就"人焉瘦哉"！

（本篇最初发表于1941年7月3日《华商报·灯塔》）

更须努力进步

四年的时间不算久长,但四年之间,中华民族的英勇抗战却也经过了不少的惊涛骇浪。敌人由军事进攻而政治进攻,而军事政治同时进攻,什么"以华制华""以战养战",扶植"汪组织",培养了中国历史上自张邦昌以来的最无耻的伥群,掠夺劫持沦陷区的物资,造成宇宙间罕睹之阿鼻地狱,然而敌人这一切狡谋,在我民族的坚决斗争前,都宣告失败了。中华民族要求自由解放,为了这神圣的目的,誓当流尽最后一滴血,四年的抗战，证明此种伟大的精神一天一天在发挥出来，成为不可克服的力量，粉碎了敌人的一切阴谋诡计。

但也不能说敌人的阴谋诡计，全然没有一点点效果。甘于为虎作伥的各式各样的民族败类，姑置不论。最痛心的，乃在抗战阵营之中，也有些顽固分子，吃摩擦饭的专家，配合着敌人的政治进攻。眼光只看到个人的利禄，派系的特权[①]，不时掀风作浪，破坏团结，甚至欲造成内战，以作妥协投降之准备。四年以来，政治上的没有进步，症结即在于此。而由于政治之不进步，故经济建设，方案多而成绩少，人民生活天天恶化，发国难财者天天肥大，乃至因为时刻不忘"对内"，松懈了反攻的意志，自己毁坏抗战力量，并企图大规模地消灭在敌后作战最勇敢的部队，结果却招致了敌人的新的军事进攻，延缓了我们有组织的反攻准备。

在抗战开始之时，我们早就指出，在长期抗战过程中，我们的优点一定会日益发挥而扩大，但我们的弱点却也不免要日益暴露而显著，而走向最后胜利的唯一

---

① "也有些顽固分子……派系的特权"句，《华商报》刊出时曾被删。

之道，则在于加速发扬优点，坚决克服弱点。四年以来，优点的发扬还不及弱点之克服。在优点发扬这一面，人民是对得起国家的，全国人民忍饥挨饿，未有怨言，尤其是海外侨胞，输财输力，华侨归国服务社团，抛弃在海外优裕的职业和生活，到祖国服务，吃苦不算，还屡次要受贪官污吏党老爷的恶气，人民是发挥了中华民族优秀儿女的优点的，人民对得起国家。然而在缺点的克服这一面，只要看贪污横行，包而不办，敷衍因循，种种现象，层出不穷，就不得不说政府对得起人民的地方，实在还是不多。

现在国际风云，变幻多端，一般的看法，都认为有利于我。当然，今天客观的环境是有利于我的成分多，但只是较多而已，至于潜伏的暗流，幕后的策动，足可葬送我民族四年来浴血抗战的已得之果，而使民族前途陷于悲惨境地者，在今天也是时缓时张，未尝绝迹，所以关键还在我们自己努力，使有利于我的国际环境更加有利，使有不利于我的国际间的远东暗流，亦能因我之坚持抗战国策而化除。我们这努力的方向，简言之，就是下面的四句话：力争进步，政治民主化，坚强团结，坚持抗战国策！

（本篇最初发表于1941年7月5日《上海周报》第四卷第二期，同年7月7日重刊于《华商报·灯塔》。在以上两处发表时略有不同，今据《华商报》）

"古"与"今"

大人先生们每每慨叹于"人心之不古",好像米荒、物价涨、隧道惨案[①],都只要由"不古"的人心去负责,他们自己便可毫无责任。人心之不再能"古",大概也是事实,只要看人们居然要求民主,居然敢非议朝政,便可知道。

但"人心"虽不甚"古",独有"官心"却既"古"

[①] 隧道惨案:1941年6月5日敌机轰炸重庆时,因防空隧道洞口堵塞,窒息致死者达万余人。

且"今"。

例如贪污，例如营私，例如"只许州官放火，不许百姓点灯"，例如"朝中无人莫做官"，例如"官官相护"，这都是"古已有之"的，倘照党老爷的公然党论，则即使于今为烈，亦非"本党"所能负责。这便是"官心"的"古"的一方面。但是，远古虽不可知，前清距今仅三十年耳，逊朝遗事，尚有人知。则据谓一二品大员告老之时，宦囊亦不过十数万金，一视今几年之内，立致数百万元，尚自叹"只够喝粥"者，真是小巫见大巫。何以能致此，则曰：今之"官心"，不但能"古"，且亦知"今"。举其众所周知者，统制有法，专卖有法，国营有法，此皆"今"也，但法令非不堂皇，而化公为私，借公营私，亦何尝不堂而皇之，不避耳目？说是贪污么，"事出无因"；说他不发国难财么，"查有实据"。手段之巧妙，行动之公开，的确前无古人。于是而宦囊之庞大，当然亦前无古人。科学方法在学术界中尚在皇皇求索，而在此茫茫宦海，则早已行有成效，上下咸能！谁要说中国的官僚没有进步，那他真是不生眼睛！

但所谓"能今",尚不止此。自从十六年"军事北伐,政治南伐",党官合一,而又加以自拉自唱之"民运",于是"三位一体",居然"今"之雏形。后人倘读当年之官文书,敢不曰复见"唐虞之盛"?现在是民族生死存亡关头了,又当国际风云反法西斯之时,据说要向民主之途迈进了,但受骗太久的老百姓却还要看一看事实的表现,呶呶不休,这真是太刁,相应概照"第五纵队"论罪,毫无疑问。

不过,这也还是既"古"而能"今"之变化的运用。君不见"民主"而外,还有劳动营、集中营?

(本篇最初发表于1941年7月6日《华商报·灯塔》)

偶　感

从报上看到一则新闻：广西省[①]临时参议会第五次大会，通过了请省政府转饬各县县政府"按月补助当地妇女会经费，以利妇运"一案。这是自从全国妇会后我所看到的仅有的关于所谓"妇运"的消息。

既然要由参议会请省政府转饬各县按月补助当地妇

[①] 1958年3月5日，广西省改为"广西僮族自治区"，省一级的"广西僮族自治区"成立。1965年10月12日，经国务院批准，"广西僮族自治区"改名为"广西壮族自治区"。——编者按

女会经费，可知"妇运"的经费是成了问题的。此种情形，在全国各处，大概普遍存在。只要看对于妇女问题的论调，直欲规摹希特勒之流，曾极力主张妇女的天职是育儿，岗位在厨房，并且"发明"了凡要求解放的妇女都是因为"要一个家"的高论，就可以知道所谓"妇运"是怎样不被重视了。广西省参议会的提案不能不视为空谷足音。

抗战以来，对于妇女的期望，一般说来，颇有点说不通：一方面期望妇女们也尽国民的天职，实行所谓"有钱出钱，有力出力"；另一方面，作为一个公民的妇女应享的权利却被屡加剥夺，例如妇女职业的权利曾被大加限制，各机关任用女职员的条例比战前苛刻得多，——等于排斥女职员。流风所煽，无怪"为谋妇女本身利益"的"妇运"被视为不该再提了。此如正有些人把"老百姓要求改良生活"视为"不知大义阻碍抗战"。似乎老百姓的生理条件和大人先生们不同，大人先生非吃饱则不能服务，而老百姓则饿了肚子就更能抗战似的！

同时又看见一则新闻：某省严厉取缔女公务员的"奇装异服"。善哉，"奇装异服"确应取缔，但更要紧的，取缔的对象不当限于"女公务员"。我不知某省所取缔的，究竟是怎样"奇"的装，"异"的服，但我还记得去年刚从乌鲁木齐到了内地都市，看见妇女的服装，确真大吃一惊：原来虽不必奇而异，可实在奢侈华丽，——但自然，她们大都是并非女公务员的特种太太小姐，所以又当别论了吧？

（本篇最初发表于1941年7月13日《华商报·灯塔》）

民主·人权·反法西斯

法西斯就是奴役。法西斯侵略者对外奴役侵略的是在它铁蹄下的民族,对内则奴役在它欺骗麻醉威胁下的人民大众。东西的法西斯侵略者虽有头尾之分,这一种面目却是一样的。

英首相丘吉尔最近(14日)对伦敦防护团演说,有这样的几句话:"我们必须再接再厉,直到纳粹政权被我们扫除,或更好,被德国人民自己起来撕破它。"我们对于英首相这句话,深有同感。为什么?因为法西斯奴役他本国的人民，迟早有一天，他本国的人民也要和全世界争民主的广大人民与各民族站在一条战线上。

不久以前，罗马尼亚的人民已经用武装暴动来反抗纳粹以及甘为纳粹走卒的本国反动政府了。挪威的人民也在加紧用怠工，用各种破坏的方法（报载，挪威供给德国的鱼内放了毒），来反抗纳粹及奎斯宁[①]了。而自由法国的军队和贝当政府[②]的斗争，更是众所周知的事实，即在贝当统治下的不甘作亡国奴的法兰西人民也是在待机而动。信号已经发了，大变动是时间的问题。全世界人民的反法西斯怒潮必将淹没了希特勒及其尾巴！

但是反法西斯阵线的巩固和加强，不单是军事的，

[①] 奎斯宁（V. Quisling, 1887—1945）：通译吉斯林，挪威法西斯党党魁、卖国贼。曾于1940年协助德国法西斯侵占挪威，1942年任傀儡政府"元首"。战后被判处死刑。
[②] 贝当政府：也称"维希政府"。以贝当（H. P. Petain, 1856—1951）为首的向德国投降的法国政府。贝当于战后被判死刑（后改为无期徒刑）。

也是政治的问题。反法西斯不但在战场上，也要在政治上，在思想上。法西斯对于本国人民，"用之如奴隶，防之如盗贼，驱之如牛马"，我们反法西斯的国家，就一定不可以这样。民主是法西斯的对敌，我们所以要拥护民主！人权在法西斯字典上是没有的，我们所以要拥护人权！如果有不够民主、蹂躏人权的地方，凡是真正反法西斯的人，就应当起来纠正它。

中国抗战已经四年，然而还有民主和人权的要求，这是说起来痛心的，但及今而能痛改前非，也还不迟。否则，老百姓虽不认识字，却认识事实，事实会教给老百姓该走怎样的一条路！

（本篇最初发表于1941年7月17日《华商报·灯塔》）

释"公务员"

公务员这名词,历史似乎还不久。像《词源》之类的书上,恐怕还没有收入,界说如何,未便乱猜。

因此,有几个问题,倒是值得研究的:

一、是否凡在官的或半官的机关里服务的,都可以称为"公务员"?部长和勤务兵的"公务员"的身份,是不是一样的?

二、如果上面的问题得到肯定的答复,那么,为什么现今公私文件中提到公务员时,其含义显然是上下除外，只留下那中间的一层？谁曾见过报纸之类有不称部长某某而称公务员某某，不称勤务兵某某而称公务员某某的？

三、如果上面所述是不成文法的，那么，文职武职自几级以上即不算是一般的公务员，又自几级以下即不能视作公务员？

四、"为民前锋"的党员是不是也算公务员？

或曰：公务员者，人民公仆之别称也。民主国家，大总统或主席以下，皆是公仆，所以皆是公务员。

不过我们中国有其"特殊国情"，照现社会的习惯，似乎称为"公务员"者，还是够不上"官"的一层，虽然也上衙门，但除了固定的薪俸，很少"办法"，因而也并无什么特权，所以在生活程度猛涨之时，公务员也是嗷嗷待救济的，所以，他们也实在和老百姓一样"不许点灯"的。当然不无极少的例外。

至于"公务员"而女者，从前被讥为"花瓶"，现在似乎观感不同，或者是办公室中不需要什么"花瓶"了，而且要"以示节俭"，于是乎要取缔"奇装异服"。

在这样大时代中，这原是应有的点缀而已，不过倘有人因此而硬拉来作为州官也开始"不放火"的妙喻，恐怕"公务员"这骤然的一升，也只是海外奇谈罢了。如果阔人们之内宠外宠也开始袖长几寸，衣长几尺，那或者逻辑上更合适，但可惜只限于"女公务员"。

于此得一习惯法：公务员之上有"官"。

（本篇最初发表于1941年7月22日《华商报·灯塔》）

一个"妙喻"

有人因为憎恶中国老百姓竟敢要求什么"人权"和"民主",便忽然替苏联担起忧来,说是倘若托洛茨基派,克伦斯基党①,海外白俄等,都借"人权"和"民主"为号,乘德军入侵的机会,要颠覆斯大林政权,那是可为"扼腕"的。

---

① 克伦斯基党:指俄国资产阶级临时政府总理克伦斯基(А.Ф. Керенский,1881—1970)一派。他们执政期间对内镇压革命,对外进行帝国主义战争;十月革命后则进行武装叛乱,与革命为敌。

这样短短几十字中，倒有好几点为老百姓所不解：第一，既然斯大林政权之"假若"被颠覆是可为"扼腕"的，便足见斯大林政权要得，而托洛茨基辈要不得，既然"人权"和"民主"能够颠覆抵抗侵略的斯大林政权，足见也是要不得的东西了，但何以反纳粹法西斯的英美还是时时以民主人权为言？第二，苏联现在没有剥削，没有阶级的压迫，这在该论客看来，到底是人权呢非人权，民主呢不民主？如果曰然，何以托洛茨基辈颠倒要以人权和民主企图颠覆斯大林政权？第三，最重要的，还是该论客借此不通的"假设"以诅咒中国老百姓的"人权运动"和"民主要求"，这是他的主眼。大家都记得，中国政要没有一次不自说是民主国家，也从来不曾自认有蹂躏人权的事实，可见人权和民主是不能反对的，然而中国政治上的不民主，又明明是事实，人权之随便被特务所蹂躏，又明明是事实，人权和民主之不能反对既如彼，而不够民主与没有人权之事实又如此，那么何以老百姓有人权和民主的要求便又成为"破坏政治中心"的大罪呢？

自从有了人权民主的呼声以后，我们已经看见那些"口衔天宪"的人们为要消灭这呼声所用的几种手法了。最初是一声断喝：凡要求人权与民主者，皆是"第五纵队"。但是这方法虽然简捷痛快，到底太不合事实；中国老百姓看过有主张德义路线的"第五纵队"，这是能够索解的，如果说要求人权和民主也是"第五纵队"，则全国除了国民党员都是"第五纵队"了，——不，甚至国民党中也不乏"第五纵队"了，那是难以索解的。于是第二个方法，想从"理论"上来"证明"人权和民主之要不得，不幸这种"理论"又无论如何欠亨，这次忽发妙喻，拉了苏联和托洛茨基等来，可说是第三个手法。但这手法依然是从第一个脱胎而来，虽似巧妙，其实还是老调而已！

（本篇最初发表于1941年7月24日《华商报·灯塔》）

成见与无知

苏德战争快满六星期了,希特勒的"时间表"已是一再不能兑现。"中立的观察家"们差不多一致认为希特勒这次的轻举妄动是由于把苏联的抵抗力估计得太低。

战争发生两星期后,有资格的观察家们尚为苏联捏一把汗。他们对于德国的夸大其词的战报,固然抱了保留的态度,然而对于苏联武器的质量,苏联士兵的素质,苏联高级统帅们的能力,都还是不敢估计得"太高"的。

这也难怪：老牌的强国们的军事工业基础都是积百数十年而始成就的，将帅亦多在堂堂陆军大学之类有过深造，苏联建国不过二十多年，重工业只有十五年历史，比较起来，相应不如，难道"社会主义"制度真能创造"奇迹"吗？所以不免要代为捏一把汗。

但是过了四星期，人们知道这把汗是多捏的。一般视为不可能的"奇迹"，在苏联是可能的。

战争刚发生时，一般认为苏联将袭用从前打败拿破仑的战术。战争到五个星期，然后知道苏联现在用的深度防御战术是这次世界大战中未有人用过的新战术，工农出身的苏联将帅竟能发明新战术，这也是奇迹罢？

事实往往能够改正了成见。独有成见又加无知，那么虽然面对着事实，他却不愿睁眼，苏德战争到了五个星期以后，我们还看见一位论客来"检讨"苏联的国防力，据说因为苏联军队民主化，所以是乌合之众，不堪一战。据说苏联的三统帅，"前二者均行伍出身，后者为不学无术之民军统领"，所以"中、下级干部更可知矣"。尤其妙者，据说苏联的军需工业、国防资源等之分布，都是"暴露其脆弱性于无遗"的！

这位论客的"卓见"，不但在事实面前成为"奇闻"，就是和近来习见的一般中立观察家或有资格的观察家的言论对照起来，也显得非常"堂吉诃德式"。成见与无知，或无知而加成见，到底落在哪一边呢？有点好玩儿。

没有成见的人，现在似乎还很难得。因此，反苏的意识倒不足奇，可奇者，是无知。或曰：成见与无知，本是一对孪生儿，这于一般人或者是不错的。不过既然摇笔为文，声言检讨，而竟无知到连一些普通的书籍，连一些中立观察家、有资格观察家的论著都未寓目，那倒实在是可惊的"奇迹"！

（本篇最初发表于1941年7月31日《华商报·灯塔》）

希特勒怎及拿破仑

希特勒大概梦魂不忘模仿拿破仑。但是据我看来，希特勒即便做拿破仑的副官也还不配。

拿破仑不失为一英雄，希特勒则是一个渴血的魔王罢了！

拿破仑每次战胜以后必提出和议，希特勒也模仿他，每打胜仗，攫取了一个小国以后，便来一个和平攻势，但他的和平攻势屡次泄气。

拿破仑于 6 月 24 日侵帝俄，希特勒提早两天，于

6月22日侵苏。但拿破仑骑着马终于在9月14日攻进莫斯科,希特勒虽有机械化部队,到9月14日尚离莫斯科有二百二十多里之远:拿破仑不要希特勒那样的学徒!

这还是只言军事。倘从旁的方面说,希特勒这学徒,拿破仑倘从棺材里爬起来,定要打他几记耳光。

拿破仑的军事行动,在历史的账簿上看起来,它有破坏了欧洲的封建势力前进的作用。中世纪的封建残余,经拿破仑铁蹄的扫荡,从此不能再还魂。现在民主国家的民法的始祖,还是一部《拿破仑法典》①。希特勒是什么呢?他要把20世纪40年代的世界复归于黑暗的中世纪,他甚至还是拿破仑的罪人。

1812年9月14日进了莫斯科以后的拿破仑,曾经在克林姆宫内草拟了法兰西喜剧院的规章,这个喜剧院直到希特勒的魔手攫取了巴黎为止,是一个灿烂的文化堡垒。试问希特勒在文化上创造过些什么?

---

① 《拿破仑法典》:原名《法国民法典》,拿破仑主持编制的资产阶级法典,公布于1804年。

希特勒禁止海涅的诗，禁止瓦格纳①、悲多汶②。放逐了托马斯·曼，囚禁瘐毙了托勒③。他把德意志民族最优秀的花都关禁在集中营，他所赏识的，只是那所谓诗人育斯特④（Hanns Johst），这位"诗人"的警句是"当我听到文化这两个字，我就拔出我的手枪！"

这一切，就是希特勒对于文化的"贡献"！

古罗马有暴君尼禄，曾以虐死基督教徒为手段，以图转移民众对他的憎恨。希特勒的虐杀犹太人，也就是偷了尼禄的衣钵。然而我还觉得对火烧中的罗马弹琴吟诗篇的尼禄，至少比偷烧国会⑤而嫁祸于共产党的希特勒，来得坦白而天真！

虽然希特勒梦魂不忘模仿拿破仑，而且无疑将与拿破仑同命运，但我要说，若希特勒去给拿破仑当副官，

---

① 瓦格纳（R. Wagner, 1813—1883）：德国作曲家、文学家。
② 悲多汶（L. V. Beethoven, 1770—1827）：通译贝多芬，德国作曲家。
③ 托勒（E. Toller, 1893—1939）：通译托勒尔，德国戏剧家。
④ 育斯特：通译约斯特，第三帝国文学院院长，法西斯文人。
⑤ 偷烧国会：1933年2月27日德国法西斯党徒焚烧柏林国会大厦，以此诬陷共产党人，进而大肆逮捕、迫害共产党人和进步人士。

拿破仑一定要打他几记耳光!

9月16日

(本篇最初发表于1941年9月19日《华商报·灯塔》)

这是他们的本色

讲到"和尚",我就想起历史上一件事来。

佛教自南北朝始大行于中国,而在北朝尤为兴盛。北朝的后魏,以佛教为国教,以及北齐,一样的崇佛,僧尼多至四百余万,几乎占据了全人口的四分之一,可谓洋洋乎大观。然而这却不是佛教的光荣。这中间有一个不大体面的秘密,因为僧尼在那时成为特权阶层,做了僧尼,至低限度可以免除纳税和徭役,无怪人人争为僧尼了。

这是一个中国的例子，证明宗教的信徒未必都为信仰教义而来，而一般名在"教籍"的人，其中混杂着"别有用心"乃至贪图富贵者，特别是当这个教已经成为"在朝"教时，实为事势所不免。

又如基督教罢，四百多年前，教会之黑暗与腐败，成为欧洲人民最大之痛苦。尤以赎罪券①之发行，大背基督教教义，但当时教皇及"酒肉教士"则认为赎罪券正是唯一教义，于是引起了一个虔诚的教士路德②的反对。但路德却因此被宣布为"异端"，被逐出教门，甚至有性命的危险，不得不亡命他乡！

这又是一个外国的例子，证明一个宗教而为恶势力所把持时，真正信仰教义而要为此教义献身的人们，是会被排斥，甚至被烧死的。

只有那些"酒肉和尚"，只有那些路德时代的"酒肉教士"，这才会蛮横地说："除了我们，没有人是信

---

① 赎罪券：又称"赦罪符"，中世纪欧洲天主教会用以敛取教徒钱财而发售的一种证券。
② 路德：指马丁·路德（M. Luther，1483—1543），1517年他对教会发售"赎罪券"的抨击，使他成为16世纪德国宗教改革运动的发起者。

奉教义的！"或谓此乃"酒肉和尚"的诡辩，但据我看来，这倒是他们的本色！

（本篇最初发表于1941年11月23日《华商报·灯塔》）

杂感二题

一 丑 角

纳粹大小头目正在"西线"的盟军占领的城市中寻找最安全保险的托命之所,所谓维希政府的"元首"贝当,也被他的主子放回到自由的法国去了。

这也是十分巧妙的计策。一个奴隶主不会毫无目的就放了他的奴才妾婢,以做奴才妾婢为威风者也不见得就毫无使命地肯走到解放了的人民的面前等候审判。

贝当的被释放，其中不能没有文章。巴黎的《世界杂志》提出警告道：将来审讯贝当的时候，法国各方意见或者会出现分歧，纳粹们为的是希望扩大这些分歧，所以放贝当回去，并为其布置一切，使其取道瑞士。而巴黎《回声报》的记者则说贝当被遣送回法，是希姆莱[①]的意思。

不管这到底安的什么诡计，到了法国境内的贝当总算是关起来了，似乎也毕竟比在英国天天游山玩水吃童子鸡的第二号公敌赫斯不自在得多呢！我感到十二万分恶心的是这件事情中间一个小小的插曲，由贝当本人扮演的。报载贝当被送入罗基山古堡监禁时，他向那给他的囚室修理水管的工人提出一个要求：拿一张戴高乐将军的照片挂在墙上。

这实在肉麻透了！89岁的老家伙居然还能这样卖弄风骚，真是想象不到的。

但这样无耻肉麻的贝当，早在几年前，爱伦堡在一篇文章里已经以惊人的先见给描写过了。在这篇文章

[①] 希姆莱（H. Himmler，1900—1945）：德国法西斯党卫军头目，德国投降后畏罪自杀。

里，爱伦堡说："大仲马曾经写到一个70岁的荡妇：'她不会再做一个罗马尼亚贵族的或是一个马赛骗棍的情妇了。有一样东西给她保了险——年龄。'然而贝当却做给人家看，90岁老妇还能卖淫，他一条腿跨在棺材里还舍不得花花世界的快乐，临死之前一小时还在出卖自己的灵魂……"而且在出卖自己灵魂的时候，贝当还带去了整个法国和法国人民作为"倒贴"呢！

而现在，这89岁的老妖精居然还想施展勾魂摄魄的手法：要求在囚室的墙上挂一张戴高乐的相片。

但谁敢担保没有些老相好会一把眼泪一把鼻涕地喊道："看啊，他忏悔了！他要求挂戴高乐的相片呢！他从前也是不得已，也是一片苦心啊！"

可是不幸，法国人没有那么"大量"，也绝不健忘，他们记得昔日贝当"委曲求全"之时做过些什么！对于什么"原谅"一类的话，让1940—1943年惨死在"勒·凡尔纳集中营"的无数冤鬼们来回答罢！让那被贝当出卖给希特勒的数百万法国工人来回答罢！

法奸之群，还有个赖伐尔①。这小子的名声太臭了，西欧的"原谅论"者似乎也不大好意思代他"缓颊"。这小子当然也是奉命返国，据说本来他也是取道瑞士的，可不知怎么一来，却出现在佛朗哥的西班牙了。而现在忽然也"民主"起来的佛朗哥，却打算用这不值半文的赖伐尔做一桩好买卖。他想用赖伐尔掉换那些亡命在法国的西班牙民主派。

你看，这些法西斯头目的心思就有那么巧！

不过这一个如意算盘光景是打不通了。即使是最厚颜的冒险家也不好意思接受这样脏的买卖罢？据最近的消息，赖伐尔这小子可能在停泊在海面的一条英国的军舰上。

法国人民将怎样处置赖伐尔呢？从英国军舰引渡到法国，该不致于横生枝节罢？我愿再引爱伦堡在数年前说过的话：

---

① 赖伐尔（P. Laval, 1883—1945）：法国民族叛徒。曾任维希政府副总理、总理。1945年10月被处决。

法兰西已有一百五十年不看见绞架了。但我还是以为赖伐尔很配受这特殊的恩典。为了他的缘故，有些过时了的东西应当再拿出来。枪毙了他呢，有点为难，他其实连一个间谍都不如。赖伐尔就是赖伐尔，我们这世纪的犹大；但蒲柳贱质，怎么也想活，赖伐尔不傻，他自己不会上吊。他将在最后一架德国人的床底下被拖了出来，他身边的最后一文的德国小钱将被抄出来。然后，他将被吊在一枝巴黎的路灯杆上，用雪白的布条扣住他的脖子（赖伐尔是常常结一条白领带的）。

"赖伐尔吊在路灯杆了！"巴黎的儿童们会这样唱着。虽然，——那不用说，他吊起以后不会发亮，但法兰西以及整个欧洲将因此而更见光明了。

法国人民也许在准备绞架罢，我不知道。至于在中国，我以为我们的若干古老的刑具也应当搬出来款待"中国的赖伐尔"。如不愿意太古气，那么，1927年中国农民对付奸徒的那一套至少是合适的：先给他们戴上纸糊的高帽子游街，然后赏给他们一条绳子。但中国人民身受伥鬼们的荼毒太多太深了，即使想温和一点，"文明"一点，恐怕良心也不许罢？

二 又一付嘴脸

正当丘吉尔和盟国其他高级军事人员再三警告，胜利仅得其半，对日作战仍将十分艰苦，我们这里的空气却是另一种。英美当局警告他们本国人民，切莫过早陶醉，我们这里似乎表现得更有"意义"的，是有些囤点物资的善男信女已在到处打听，找人作顾问，囤积品是趁早抛出好呢，还是再观望一个时期。

这一种什么东西，在社会上已经产生了影响，——在某一方面看来，这简直是"预期的效果"了，而《大公报》5月16日的社评似乎是针对这一点而发的。这一篇题作《我们的日本投降观》的文章说明了敌人现在尚未死心，还不肯无条件投降（而我们所应绝对坚持的是无条件投降），并且做了结论道："我们的结论是什么呢？是战争，彻底的战争，没有这个，不能产生日本的投降。这里，针对日本的心理，盟国的团结是重要的，唯有盟国的精诚团结，才能赢得和平；也就是必须苏联参加对日之战，到那时候，日本才会死心塌地感觉完全绝望。"

可是，即在5月15日伦敦的合众电，却做了如是的报道："据从中国方面得悉，日本打算在苏联参战之前，用最大努力退出战争。消息来源方面说：日本'武士'们无疑问的宁愿向中美英无条件投降，而不向苏联投降。自从苏联方面暗示在德国打败以前暂不参加太平洋战争以来，相信现在莫斯科又可能继上月废弃苏日中立条约之后，转而对远东采取步骤。消息来源方面又说，日本曾经在过去六个月中，'几次提出和平'，据一位重庆的权威人士说：'中国官方人士在过去三月中，乐观空气骤然增涨。'"

两者对看，颇可玩味。《大公报》那篇社论中警告人们"揣测日本如何如何，不是根据我们主观的希望"，现在看了上引的合众电，又知道"主观的希望"有如此这般的!

我不打算做任何揣测。可是看到了有些人在预言"日本打算在苏联参战之前,用最大努力退出战争",我就想起了一件不值得挂齿的事情。有自命为"日本通"者,当欧战尚在严重阶段,而德寇大军正在拼死争夺斯大林城的时候,曾经煞有介事地"预言"某月某日(甚至还有某时)日寇必然进攻苏联,并言可以头颅作赌云云。不用说,此人头颅至今仍在肩上,当其大言不惭之时,老实人或不免替他的头颅捏一把汗,然而有识者正因其赌注之重,早窥见其发言之绝对不负责任。《水浒》写杨志卖刀,遇泼皮牛二,杨志既试了宝刀的"剁铁如泥"及"吹毛得过"两特点,牛二便以"你敢杀我吗"为词,缠住杨志,定要他一试宝刀之"杀人不见血",——民间文学早已指出"赌头""赌一条命"乃是怎样的行径。由此可见,赌头之举,虽似拙笨,其实聪明。广告之术,有雇人装作小丑,招摇过市,远望之即令人作呕,以冀耸动视听。新式的江湖卖药者甚至还用些不近人情的"苦肉计",故意触犯警章,让报纸登上一两天,比天天登广告效力还大些。所有这一切，都可归于一类。牛二既能为之，帮闲篾片当然也会这一手的。

因此之故，昔日声言敢以头颅作注而像算命似的算定日本必于某年月日时进攻苏联者，今日则在推算日本的即将投降了。有一老实的读者说："今天来推测苏联何时将进击日本，或者可以赢回一个头。"这样好心肠的老实人是会被走方郎中暗笑，而且唾之曰："阿木林！"

不过合众社的一简单电讯却戳穿了"日本即将投降论"的一些肥皂泡了。原来这是算定了"日本打算在苏联参战之前，用最大努力退出战争"，而这一推算，又是根据"日本武士们宁愿向中美英投降而不愿向苏联"这一个大前提的。这里头有多少"根据我们主观的希望"，暂置不论，但是，关于苏联"对远东采取步骤"这一点的"主观愿望"和对于"日本宁愿"如何如何那一点的"主观愿望"，显然不会是对立的，而是互为因果。换言之，前者是因，而后者则是由此所产生的另一主观愿望而已。但尤其重要的，倒在这样的"观察"之富于暗示性与教唆性。

其实,中国的"日本通"之类,大可不必着急。"日本武士"其实已经够狡猾够聪明,这一点如何如何的"宁愿"的手法,你不教他,他也早已懂。人们倘不健忘,大概还记得从"九一八"到"七七"他就摆着东方看家狗的嘴脸来"缓和"西方国家的态度的,而在张鼓峰、诺门坎两役[①],他尤其博得掌声,但也是在这两役大碰了钉子,所以接着就和苏联签订中立条约了,转而试其锋于南进。所以,中国的"主观愿望"者实在不必担心"日本武士"当真想不到来一个"邓尼兹阴谋"[②]的日本版,其所以尚无决心立即翻版者,一是他们自觉本钱尚多,二是他们到底也看见了"邓尼兹阴谋"并没挑拨成功,英美苏团结的成分还大于分歧的成分,"日本武士"对于中国的这些"好心肠的老实人"之谆谆劝告,借着代谋,大概并不领情,大概在暗笑,而且嗤之以鼻曰:

---

① 张鼓峰、诺门坎两役:1938年七八月间,日军在位于中、朝、苏三国交界处的张鼓峰(一作张高峰)向苏军挑衅,旋遭击溃。
② "邓尼兹阴谋":指希特勒自杀前在其遗嘱中曾表示,可由当时的德国海军元帅邓尼兹任德国总统及武装部队最高统帅。

"阿木林！"

"战争，彻底的战争，没有这个，不能产生日本的投降。这里，针对日本的心理，盟国的团结是重要的，唯有盟国的精诚团结，才能赢得和平。也就是必须苏联参加对日之战，到那时候，日本才会死心塌地感觉完全绝望。"——这是客观的看法，也是适时的正论。

其他所有甚嚣尘上的"主观愿望"的议论，——不问是测字算命式，或是提示教唆式，乃至是卖笑献策式，归根一句话：无补于中国人的斗争，恐怕只有商场的投机家能加以运用而获暴利。

但由此我们也认清了若干的嘴脸了。

（本篇第一题原作《贝当与赖伐尔的下场》，最初发表于1945年6月11日《贵州日报·新垒》，同年7月29日重庆《新华日报》转载时改为现题，并略有删改。第二题最初与《丑角》同时发表于《新华日报》）

"暹逻"的"友善"姿态

当它奋其螳勇而甘心做日本法西斯帮凶的时候,暹逻曾改国名曰"泰";现在,继日本之投降而撤销了对英美宣战的"泰国"又自己叫作"暹逻"了。而且据报载,新任暹逻总理普拉莫特接见记者时还说:"将改订有害华侨法规。"满口"友善"云云。

可是"友善"之风未歇,暹逻军警为了不准侨胞悬旗祝胜,竟出动装甲车屠杀侨胞,9月22日、23日两夜演成巷战,事态至9月底尚未平息。

这件事，引起了对于暹逻的三种看法：第一谓暹逻还是泰国，改了名，并没脱胎换骨，而暹逻军警之不准侨胞悬旗庆祝，竟至于屠杀，无亦非模仿他的旧主人——日本降军在中国境内之进攻解放区及到处烧杀劫掠而已。第二，则谓暹逻已非昔日之泰国，此有美国所发表的它在泰国时期即已"暗助"盟国之文件为证，依此说，则今之暹逻又颇似中国境内在日本投降后"受命""维持秩序"之伪军，而其出动装甲车屠杀我同胞，"相应"视为"维持治安"了。

第三说却提出了个问题，从前的泰国虐待华侨，是恃有日本人做靠山；现在的暹逻竟然敢禁止华侨悬旗，而且出动军警大肆屠杀，这又是依着谁的牌头[①]呢？

（本篇最初发表于1945年10月22日《建国日报·春风》）

---

① 牌头：上海话，意为后台、靠山。

关于"原子弹"

美国民主党参议员陶尼在参议院发表了"由世界安全理事会国际共管原子弹的秘密，以防止'国际混乱'时代"的主张。其理由是"无一国肯在我们（美国）保有原子弹秘密的时候，停止研究。反之，如果我们以此秘密提交世界理事会，则有充分理由使其运用并控制原子能，以为人群造福，而不以为害"。（9月24日华盛顿合众电）

美新闻处华盛顿9月23日电："杜鲁门今夜表示，

渠对原子弹未来之发展及用途,将负全责……渠否认报载商业部长华莱士曾于21日阁议时力争须将原子弹之秘密公诸他国,总统告记者:华莱士于讨论原子弹问题时,并未较他人多发言,总统强调时机到时,彼将决定政府之原子弹及原子能之政策,而此政策将依据国家之利益及有利于美国内政外交之条件下决定之,此点至为重要,此外之任何商议皆为次要。"云云。

华盛顿9月24日合众电:"白宫宣布,杜鲁门总统希望不久能向国会提出控制原子炸弹未来发展的建议。他不欲对此事有所独断,而将建议国会,他将和阁员商量,但他个人将决定应作何种建议。"

又据美新闻处伦敦9月23日电:"《伦敦每日快报》讯,防制原子弹之新式武器之产生,此种武器乃依据英国雷达、德国火箭及美国信管之原理造成,可毁坏飞于任何高度之载有原子弹之飞机及火箭。"

这是近来见于各报的关于原子弹的如何如何的消息。从那三条华盛顿电中,可见有了原子弹也煞是为难,而为难之焦点则在于"不能期望禁止他国作原子的研究"（美参议员陶尼的话），而据说凡是独立国家多则五年少则三年终必能创造原子弹云云。到底还是丘吉尔说话痛快，他期望现在已经有了原子弹的国家好好利用这宝贵的三年时间。

另据"马路消息"，阿根廷电，据权威人士透露，隐居在此间某地之纳粹高级人员评论此事，则谓"解决之道，厥在消灭凡有可能仿造原子弹之一切独立国家"，而此则曾为"元首"之"世界新秩序"计划之一云云。

（本篇最初发表于1945年10月23日《建国日报·春风》）

编后记

钟桂松

这部《"闲话"之闲话》收录茅盾20世纪前半叶在副刊上发表的一部分文章,其他大部分文章是在《申报》的《自由谈》和《华商报》《立报》以及其他报刊的副刊上发表的。

作为中国共产党成立之前就参加共产党的革命作家和文学巨匠,茅盾在副刊上发表的文章,同样具有锐利、进步、周全、严肃、逻辑性强等特色,他在副刊上发表的杂文性质的文章,革命性、文学性俱佳,是杂文的典范。不急不躁，短小精悍，有立场、有观点、有高度，古今中外，信手拈来，成为茅盾这部《"闲话"之闲话》的文章总的特色。今天读茅盾在副刊上发表的这些文章，能够深刻体会到茅盾的深厚学养，一个字，一句话，遣词造句，都让人感觉到诙谐中到了精确的程度。难怪当年国民党的《社会新闻》上有人写文章说："自从鲁迅、沈雁冰等以《申报》《自由谈》为地盘，发抒阴阳怪气的论调后，居然又能吸引群众，取得满意的收获了。""阴阳怪气"没有，锐利、严肃、深刻倒是事实。但是也可见当年茅盾在《申报》副刊上的文章的影响力了。抗战开始以后，茅盾在香港《华商报》等报刊的副刊上发表了不少针对抗战中的种种奇谈怪论的杂文，同样针砭时弊，批评一些人的荒唐糊涂的思想，在抗战中发挥了积极的作用。尤其可喜的是，茅盾这些写于20世纪三四十年代的副刊文章，因为时事性强，今天我们大多可以作为史料来研究、来阅读。这些有时间、有地点、有人物的短文章，有着很强的新闻性，作者往往真实地针对某一个事件、某一篇文章，或者某一个人的观点，进行评论或批判。所以这些副刊文章如果集中起来阅读，读者仿佛回到历史现场体味茅盾当年的心绪和思想。如果我们研究中国现代史、研究茅盾思想史，他在副刊上发表的这些杂文、散文，是不可或缺的重要史料。

茅盾的这部《"闲话"之闲话》，是在茅盾先生的孙子沈韦宁先生的支持下选编的。按大体内容分三个部分：第一辑是"新年展望"；第二辑是"读史偶得"；第三辑是"偶然看到"。分辑的界限并不严格，只是想方便和有益于读者阅读而已。其实，茅盾在副刊上发表的文章内容实在太丰富了，不是这区区73篇文章所能够囊括的。好在主编李辉兄的旨意是保存一些事关文学史、文化史的史料，故笔者在选编时，就选了一些有意思的文章，保存一点茅盾当年在副刊上发表的文章的思想和锐气，相信这是有益于文化繁荣和发展的。

精品栏目荟萃

《副刊面面观》

《心香一瓣》

《纽约客闲话精选集 一》

《多味斋》

《文艺地图之一城风月向来人》

《书评面面观》

《上海的时光容器》

《谈艺录》

《问学录》

《名人之后》

《纽约客闲话精选集 二》

《编辑丛谈》

《本命年笔谈》

《国宝华光》

《半日闲谭》

《这么近，那么远》

《群星闪耀》

《深圳，唤起城市的记忆》

《风云记忆》

个人作品精选

《踏歌行》
《家园与乡愁》
《我画文人肖像》
《茶事一年间》
《好在共一城风雨》
《从第一槌开始》
《碰上的缘分》
《抓在手里的阳光》
《阿Q正传》
《风吹书香》
《书犹如此》
《泥手赠来》
《住在凉山上》
《老解观象》
《犄角旮旯天津卫》
《歌剧幕后的故事》

《色香味居梦影录》
《走读生》
《回家》
《武艺十八般》
《一味斋书话》
《收藏是一种记忆》
《沙坪的酒》
《花树下的旧时光》
《嘉兴人与事》
《"闲话"之闲话》
《红高粱西行》
《丽宏读诗》
《流水寄情》
《我从〈大地〉走来》
《守望知识之狮》
《慢下来,发现风景》

《有时悲伤,有时宁静》

《装帧如花》